中华

ZHONGHUA HUN

魂

百部爱国故事丛书

饿死不领美国救济粮

——爱国知识分子的楷模朱自清

谢金荣　编著

吉林人民出版社

图书在版编目（CIP）数据

饿死不领美国救济粮：爱国知识分子的楷模朱自清
/ 谢金荣编著 .-- 长春：吉林人民出版社，2011.3（2021.8 重印）
（中华魂·百部爱国故事丛书）
ISBN 978-7-206-07539-1

Ⅰ.①饿… Ⅱ.①谢… Ⅲ.①革命故事—中国—当代
Ⅳ.①I247.8

中国版本图书馆 CIP 数据核字 (2011) 第 032600 号

饿死不领美国救济粮
——爱国知识分子的楷模朱自清

E SI BU LING MEIGUO JIUJILIANG
——AIGUO ZHISHIFENZI DE KAIMO ZHU ZIQING

编　　著：谢金荣
责任编辑：刘　学　　　　封面设计：孙浩瀚
制　　作：吉林人民出版社图文设计印务中心
吉林人民出版社出版　发行（长春市人民大街7548号　邮政编码:130022）
印　刷:北京一鑫印务有限责任公司
开　本:787mm×1092mm　1/16
印　张：8　　　　字　数:64千字
标准书号:ISBN 978-7-206-07539-1
版　次:2011年3月第1版　　印　次:2021年8月第2次印刷
定　价:35.00元

如发现印装质量问题,影响阅读,请与出版社联系调换。

总　序

　　《中华魂》是一套故事丛书。它汇集了我国自鸦片战争以来一百八十余年间的近百位民族英雄、仁人志士、革命领袖、先进模范人物的生动感人事迹，表现了他们作为中华儿女的伟大的爱国主义精神。

　　爱国主义是人们对于"生于斯、长于斯、衣食于斯"的祖国的一种神圣感情，是人们对于自己民族的一种强烈的责任感和使命感，是感召和激励整个中华民族的一面永不褪色的旗帜。在一百多年的中国近现代史上，爱国主义一直激励着中华儿女为祖国的独立、统一、进步和繁荣而英勇奋斗。从"苟利国家生死以，岂因祸福避趋之"的林则徐，到"我自横刀向天笑，去留肝胆两昆仑"的谭嗣同；从"铁肩担道义，妙手著文章"的李大钊，到"青春换得江山壮，碧血染将天地红"的赵一曼；从"县委书记的好榜样"的焦裕禄，到"问鼎长天，扬我国威"的邓稼先……都表现出了强烈的爱国主义精神。正是由于热爱祖国的人们前仆后继地奋斗，国家和民族才得以生存，才能够在一次次历史危急关头转危为安，走向兴盛和富强，从而屹立于世界民族之林。爱国主义是鼓舞中华儿女历经忧患、跨越沧桑、百折不挠、自强不息的伟大力量，它贯穿于中华民族的整个历史，并有力地凝聚着五洲四海的中国人。

爱国主义是一个历史的范畴，在社会发展的不同阶段、不同时期有不同的具体内容。革命时期，需要我们为祖国的独立自主出生入死；建设时期，需要我们为祖国的繁荣富强增砖添瓦。在全国各族人民团结一心，开启全面建设社会主义现代化国家新征程的今天,我们要争做一名新时期的爱国者。新时期的爱国者要有强烈的民族自尊心、自豪感。民族自尊心、自豪感是任何时期、任何爱国者都必须具备的情感。民族自尊心能增强我们自立向上的恒心,民族自豪感能树立我们建设祖国的信心。要树立"祖国高于一切"的崇高信念,为了祖国和人民的利益不惜抛却个人的利益,甚至不惜牺牲个人的生命。我们要树立终身学习的理念,拓宽自己的知识面,广泛吸收新知识、新技术,完善自身的知识结构,更新学习知识的方法与理念,从思想上、知识上充分武装自己,为祖国的繁荣昌盛贡献力量。

爱国主义思想的继承和发扬,是关系到民族盛衰、国家兴亡的根本问题。爱国主义思想情操的形成,需要不断地培养。培养爱国主义精神的一个重要途径是向英雄人物和典范事迹学习和致敬。这套丛书的出版,对于青少年向英雄和先进人物学习,特别是对于在中小学生中进行爱国主义教育是不可多得的生动的教材。祝愿此书出版发行成功,为培养时代新人做出贡献。

胡维革

中华魂
百部爱国故事丛书

我们中国人是有骨气的。朱自清一身重病，宁可饿死，不领美国的"救济粮"。……他们表现了我们民族的英雄气概。

　　　　　　　——毛泽东《别了，司徒雷登》

目　录

朱自清，现代散文家、诗人、学者、爱国民主战士。原名自华，号秋实，后改名自清，字佩弦。一八九八年十一月二十二日，他生于江苏北部小城东海；一九四八年八月十二日，在贫困交加中逝世于北平。当时，他还不满五十岁。

朱自清原籍浙江绍兴，一九〇一年，其父从东海来到高邮的邵伯镇做小官，把一家接到任所。在那里，朱自清先从父亲启蒙识字，后到一家私塾读书，一九〇三年随全家一起搬到扬州，父亲把他送到私塾接受传统教育，读经籍、古文和诗词。这里也成为朱自清的祖宗庐墓之乡。正如他自己所说的："浙江绍兴是我的祖籍或原籍"；"在那儿度过童年，就算那儿是故乡，大概差不多罢？这样看，就只有扬州可以算是我的故乡了。何况我的家又是'生于斯，死于斯，歌哭于斯'呢？所以扬州好也罢，歹也罢，我总该算是扬州人的。"（见《我是扬州人》）与家人自一九○三年定居扬州后，曾居住过天宁门街、弥陀巷、南皮市街、琼花观街东首、南门街禾稼巷、东关街、仁丰里等多处，现在保全下来的为安乐巷二十七号故居。

求 学 时 代

朱自清的青少年时代，是中国民族危机极其严重的年代。亡国灭种的沉重威胁摆在每个中国人面前。

小时候，他念的是私塾，"我的国文是跟他老人家（戴子秋）学着做通了的。那是辛亥革命之后在他家夜塾里的时候"（朱自清《我是扬州人》）。由于聪明好

朱自清安乐巷27号故居

学，他很快就学通了国文，又在旅扬公学学了英文。辛亥革命前后，朱自清曾陪同父亲养病住在史公祠内，他多次聆听史可法英勇抗清、宁死不屈的历史故事，对这位民族英雄产生了深深的崇敬之情。在读中学的那几年，他常到这位民族英雄的衣冠冢去凭吊，并写过多首凭吊诗歌，可惜都已经散失了。青少年时，他就酷爱诗歌，尤其喜爱文天祥的《正气歌》《过零丁洋》等，"人生自古谁无死，留取丹心照汗青"，这些格调铿锵的诗句铭刻于心。

一九一六年秋，他考入北京大学预科，这时正是新文化运动春潮在神州大地汹涌奔突的时刻，北大实际上已成为当时反帝反封建的战斗堡垒。新的环境，新的气氛，新的人物，新的思潮，开阔了他的眼界。他整天泡在北大图书馆，翻阅着新书，思想与心灵一时洞

高邮县邵伯镇老街，朱自清在此居住过两年(1901-1903)。

史公祠

开。他听到了闻所未闻的言论，看到了见所未见的事物，他像在沙漠中饥渴已久的人，贪婪地吸吮着新文化知识的甘泉。寒假将至之时，他忽然接到一封家信，不禁忧喜参半，父亲催促他早点回去完婚。在那个时代，年轻人的婚姻命运，都只能依着规矩制定的一定程序，按部就班地通向爱情的"幸福之门"。就这样，朱自清奉父母之命与扬州名医武威三先生的女儿武钟谦女士完婚。武钟谦和朱自清一样，自幼在扬州长大。朱自清是幸运的，他的父母为他铺下的婚姻道路，并没有堵住"幸福之门"，姑娘端庄秀丽，温婉柔顺，很爱笑。订婚五载，朱自清才第一次看到自己的妻子。结婚满月后又过了二十天，假期已尽，朱自清匆匆地吻别新婚妻子，怀着恋恋不舍的心情，乘车北上了。

1912年，朱自清从安徽旅扬公学高小毕业后考入扬州两淮中学读书。图为两淮中学的教室。

一九一七年后家道逐渐衰落，假革命势力的飞扬跋扈几乎使他家破人亡。"在我烦忧着就将降临的败家的凶惨，和一年来骨肉间的仇视（互以血眼相看着）的时候"（朱自清《毁灭》），他跳级投考了北京大学本科。他改名"自清"，以勉励自己在困境中不灰心，不丧志，不随同流俗；又借用《韩非子》中"性缓，故佩弦以自急"的典故，改字佩弦，勉励自己积极进取，奋发图强。朱自清先生感于家境之难，在三年内修完哲学门（后改为哲学系）四年的课程，于一九二〇年提前毕业。可以说，对于贫苦人民，他既有着深刻的生活体会，又富有强烈的同情心，毕业后，他多次拒绝了那种虽然报酬丰厚却要出卖灵魂的职位，一直过着清苦、拮据的生活。从求学时代起，他就以一种认真的习性和老实做人的态度践行着他人生的信念，这种信念，贯穿于他一生的作品和为人，这也是后来他的文学创作

武钟谦像

和学术研究所以取得成功的重要原因之一。

朱自清在北京大学期间，与友人在万寿山合影。左二为朱自清。

投身五四运动

在北京大学就学期间，正值古老的中国社会发生大变革的时代。

在新思潮的鼓舞下，朱自清积极投入到"五四"爱国运动中，投入这场反帝反封建的革命运动。他参加了《新潮》杂志社的编辑工作，不断在学生办的周刊上发表新诗，翻译外国文学作品，提倡新文化运动。新思想点燃了他心中的火，诗的激情在他心中翻腾，他以满腔热情投入了新文化运动，他觉

1921年冬，在杭州第一师范任教时与友人合影。左为朱自清。

　　1921年10月，汪静之、潘漠华、魏金枝、柔石、冯雪峰等发起成立晨光文学社，聘请朱自清、叶圣陶担任顾问。这是晨光文学社成立后的留影。

得，文学可以用来抒发自己的情感，可以揭露社会上的不合理现象，可以启发教育人民，可以救国！由于对文学的爱好，很快，他走上了文学创作的道路。此外，他还参加了在"五四"爱国运动和我国早期马克思主义宣传中起过重要作用的"平民教育讲演团"，亲自讲过"平民教育是什么？""我们为什么要纪念五一劳动节""靠自己"等不少题目。作为一个文人，他以诗文表达着他对革命者的尊敬和热爱，一九二〇年一月的一首诗里，他含蓄地把这些革命的先驱者比作"北河沿的路灯"：

他们怎样微弱！

但却是我们唯一的慧眼！

他们帮着我们了解自然；

让我们看出前途坦坦。

他们是好朋友，

给我们希望和安慰。

祝福你灯光们，

愿你们永久而无限！

　　一九二〇年五月，朱自清在北京大学毕业。这年暑后，他到杭州第一师范教书，五年内又相继任教于江苏省立第八中学、上海中国公学中学部、台州浙江省立第六师范、温州浙江省立第十中学、宁波浙江省立第四中学和浙江上虞春晖中学，无论走到哪里，他都将新文学运动的火种带到哪里！在这期间，朱自

朱自清笔下的台州老街

饿死不领美国救济粮
——爱国知识分子的楷模朱自清

清先生参加了文学研究会和湖畔诗社，还和刘延陵、俞平伯、叶圣陶等创办《诗》月刊。五年转徙各地的教学生活，使朱自清先生得以广泛接触社会，饱览秀丽风光，成为他文学创作的高产期，写有散文《温州的踪迹》《桨声灯影里的秦淮河》，小说《笑的历史》，长诗《毁灭》等。他为开拓新诗的道路付出了辛勤的劳动，在诗歌创作上下了很大功力，以抒发他的感受，歌颂光明，揭露黑暗。五四运动落潮后，他有些彷徨，但强烈的正义感促使他排除一切困扰，努力振作起来。一九二三年三月十日，他在《小说月报》上发表了长诗《毁灭》，用"从此我不再仰眼看青天，不再低头看白水，只谨慎着我双双的脚步；我要一步步踏在泥土上，打上深

1923年暑假，朱自清与俞平伯同游秦淮河后，相约各以"桨声灯影里的秦淮河"为题，各写一篇散文。这两篇同题散文同时发表在1924年1月25日的《东方杂志》第21卷上。图为杂志封面和原文首页剪贴。

深的脚印！……别耽搁吧，走！走！走！"的诗句，表现了自己要脚踏实地前进的决心。《毁灭》绝非消极地抹杀一切，否定一切，他要"毁灭"是为的不愿毁灭。他要毁灭的只是那些"缠缠绵绵"的情感，"渺渺如轻纱"的憧憬，"迷迷恋恋"的蛊惑，以及"死之国"的威胁。年轻的他不愿"轻轻地速朽"，要用"仅有的力量"，回到"生之原上"。他又写了《赠 A·S》一诗，歌颂了"要建红色的天国在地上"的共产党员。他为五卅惨案作《血歌》一首，痛斥了帝国主义的暴行。他用他的诗歌为武器，为正义助威，为人民呐喊！与此同时，他的诗歌和

1924年2月，朱自清离开第十中学时，与温州毅力文学社同仁合影。前排左三为朱自清。

1927年，小坡公与儿孙们摄于扬州。前排中间坐者为小坡公，即散文《背影》中所描述的"父亲"。

散文在艺术上也达到了新的高度：长诗《毁灭》引起诗坛的关注，散文《桨声灯影里的秦淮河》被评为"白话美术文的模范"。他认真教学、勤奋写作，将自己献给了新文学事业。

一九二五年八月，朱自清经俞平伯先生推荐，到北京清华大学国文系任教，从此，中国古典文学成了他毕生的事业之一，创作方面则转以散文为主。一九二八年，朱自清先生参与创办中文系，讲授"中国新文学研究""歌谣"等课程。同年，第一本散文集《背影》由上海开明书店出版，共收散文十五篇。《背影》

是朱自清的代表作，集中所作，均为个人真切的见闻和独到的感受，并以平淡朴素而又清新秀丽的优美文笔独树一帜。朱自清开始成为文坛上著名的散文作家。在他写过的诗歌、小说和散文中，散文的成就最高，影响也最大。他的散文，富有一种"至情和风趣"，"风华从朴素出来，幽默从忠厚出来，腴厚从平淡出来"。而这一切，又都是和他的人格分不开的。正如李广田同志所说："在当时的作家中，有的从旧垒中来，往往有陈腐气；有的从外国来，往往有太多洋气，尤其是往往带来了西欧中世纪末的颓废气息。朱先生则不然，他的作品一开始就建立了一种纯正朴实的新鲜作风。"正是这种新鲜作风，使他的散文在创建我国民族风格的全新白话文学的过程中，做出了重要的贡献。

1930年与浦江清（左）摄于燕京大学

饿死不领美国救济粮
——爱国知识分子的楷模朱自清

同情人民革命

　　中国的军阀割据让朱自清感慨万千，苦闷缠身。想起国事、家人和自身，他万般无奈，一九二四年中秋，他写道：

万千风雨逼人来，

世事都成劫里灰。

秋老干戈人老病，

中天皓月几时回？

五卅运动

唉，战火几时平息？光明何日来临？他心中也如今夜风雨，茫然一片。

一九二五年到一九二七年，又迎来了我国无产阶级领导的第一次大革命的年代。朱自清同情和支持这场人民革命。

一九二五年五月三十日，上海工人和学生万余人游行示威，要求收回租界。英帝国主义竟悍然向手无寸铁的群众开炮射击，血染南京路，当场打死十三人，重伤数十人，逮捕一百五十余人，造成震惊中外的五卅惨案。素有民族气节和正义感的朱自清此时怒火中烧，悲愤激昂地写下了《血歌》，用声声呐喊控诉帝国主义强盗的野蛮行径。

五卅惨案发生后民众集会游行

饿死不领美国救济粮
——爱国知识分子的楷模朱自清

血是红的！

血是红的！

狂人在疾走，

太阳在发抖！

血是热的！

血是热的！

熔炉里的铁，

火山的崩裂！

……

中国人的血！

中国人的血！

都是兄弟们，

都是好兄弟们！

破了天灵盖！

断了肚肠子！

还是兄弟们，

还是好兄弟们！

……

几天后，他又写了一首《给死者》：

你们的血染红了马路，你们的血染红了人心！

日月将为你们而躲存！云雾将为你们而弥漫！

风必不息地狂吹，雨必不息地降下！

黄浦江将永远地掀腾！电线杆将永远地抖颤！

上海市将为你们而地震！

……

朱自清表达了自己对五卅惨案死难烈士无限悲恸的心情，表现了全民族的哀痛和怒怨。五卅惨案犹如一块巨石，击碎了朱自清本已平静的心境，热血又在血管里奔突，思绪万千，起坐不宁。

一九二六年，革命的惨剧即将再次重演，奉系军阀得到日本帝国主义的支持，进逼关内，与冯玉祥率领的国民军展开激战。日本帝国主义公然派军舰驶入我大沽口，炮击国民军，并联合美英等七国公使，提

"三一八"惨案段祺瑞政府卫队与群众对峙的情形

出无理条件，在天津附近集中各国军队，准备将武装干涉升级。

三月十八日，他与北京的工人、学生一道参加了为抗议帝国主义野蛮侵略和对我国内政干涉在天安门广场举行的群众大会。会后，又参加了向段祺瑞执政府的请愿示威游行。反动的段祺瑞执政府竟歇斯底里地下令对爱国请愿队伍开枪射击。"十分之九是学生！死者四十余人，伤者二百余人！"这天，被鲁迅先生称作"民国以来最黑暗的一天"，也就是"三一八"惨案。目睹了这场惨案，他愤慨极了，强烈的正义感使他不能沉默，回来后，他写成了向卖国政府进行血泪控诉的《执政府大屠杀记》，他详细地叙述了惨案发生的事实经过，直言痛斥反动政府的暴行，他写道："这回的屠杀，死伤之多，过于'五卅'事件，而且是'同胞的枪弹'，我们将何以间执别人之口！而且在首都的堂堂执政府之前，光天化日之下，屠杀之不足，继之以抢劫、剥尸，这种种兽行，段祺瑞等固可行之而不恤，

但我们国民有此无脸的政府，又何以自容于世界！——这正是世界的耻辱啊！"

在这次惨案中，清华学生韦杰三惨遭杀害，他很痛心，痛心从此真无相见之期，痛心执政府之暴行，他以满腔的悲愤写了《悼韦杰三君》一文。值得一提的是，他在表达对学生英勇不屈精神的真诚钦佩之时，也毫不掩饰地公开承认自己"怕"的心理，他没有为自己的这种"怕"寻找开脱的理由，只是说"我想人处这种境地，若能从怕的心情转为兴奋的心情，才真是能救人的人。若只一味的怕，'斯亦不足畏也已！'……我希望我的经验能使我的胆力逐渐增大！"这不仅表现了他的诚朴正直，而且也说明他能在斗争中变得勇敢了，在凶恶的敌人面前站了起来！

哪里走？哪里走！

一九二七年，蒋介石背叛革命，大批屠杀共产党人，历史的车轮陡然倒转，乌云倾天，光明胎死，白色恐怖的浓雾，随着腥风迷浸全国。这时，有人投敌高升，有人无耻出卖，有人胆怯害怕，有人脱逃颓废……面对这样的动乱时代，朱自清在苦闷，在思索，他要为自己找一条出路，但往哪里走呢？

"四一二"的枪声，打乱了朱自清的思绪，连日来心神不宁。他眼睁睁地看着一幕历史悲剧开场，心里有一种说不出的苦涩与惶然。一九二七年五月三十一日写的一首《和李白〈菩萨蛮〉》也表达了这种心情：

南京秦淮河畔夫子庙

烟笼远树浑如幂，青山一桁无颜色。

日暮倚楼头，暗惊天下秋！

半庭黄叶积，阵阵鸦啼急。

踟蹰计行程，嘶骢何处行？

时令虽在春夏之交，而他的心境却已是一片秋意了。

哪里走？哪里走！这个问题始终萦绕在朱自清的心头，像影子一样无法摆脱。他不得不认真思考了。

现在，阶级斗争已到短兵相接的时候，已经露出了狰狞的面目，使出了毒辣的手段。他想，近来"杀

反动政府占领上海工人纠察队队部

了那么多的人，烧了那么些家屋，也许是大恐怖的开始吧！"（朱自清《哪里走》）

"我解剖自己，是一个不配革命的人！这小半由于我的性格，大半由于我的素养；总之，可以说是运命规定的吧。在性格上，我是一个因循的人，永远只能跟着而不能领着……我在小资产阶级里活了三十年，我的情调、嗜好、思想、论理与行为的方式，都是小资产阶级的；我彻头彻尾，沦肌浃髓是小资产阶级的。离开了小资产阶级，我没有血与肉。"（朱自清《哪里走》）

他胸怀坦荡地表白了自己不能投向无产阶级怀抱的原因，但也明确表示："为了自己阶级，挺身与无产阶级去斗争的事，自然也决不会有的。"既不能革命，也绝不反对革命，那么该往哪里走呢？

"在旧时代正在崩坏，新局面尚未到来的时候，衰颓与骚动使得大家惶惶然。……只有参加革命或反革命，才能解决这惶惶然；不能或不愿参加这种实际行动时，便只有暂时逃避的一法。这是要靠了平和的假装，遮掩住那惶惶然，使自己麻醉着忘了去。享乐是最有效的麻醉剂；学术，文学，艺术，也是足以消灭精力的场所。所以那些没法奈何的人，我想都将向这三条路里躲了进去。"（朱自清《哪里走》）

在这三条路里，将选择哪一条呢？他原先本是学哲学，而对文学有兴趣，后来索性丢掉哲学，走上了文学道路。现在情况又要变了，该怎么办呢？他考虑

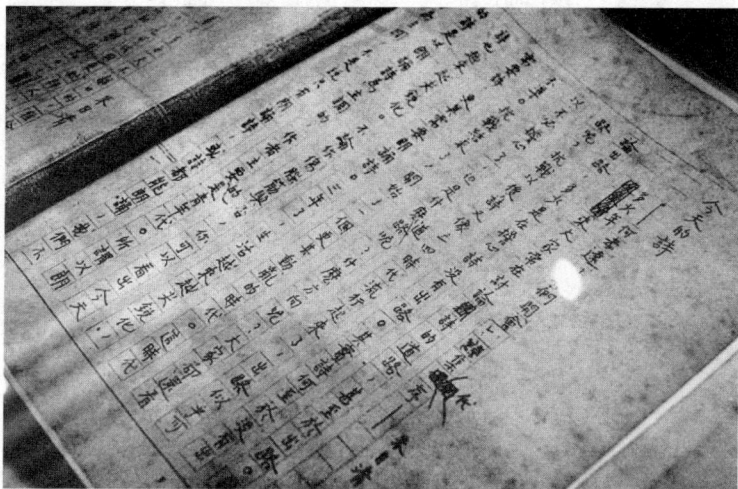

朱自清笔迹

了很久，感到"国学比文学更远于现实；担心着政治风的袭来，这是个更安全的逃避所"。于是，他断然选择了国学这条路，他说：

胡适之先生在《我的歧路》里说："哲学是我的职业，文学是我的娱乐"；我想套着他的调子说："国学是我的职业，文学是我的娱乐。"这便是我现在走着的路。（朱自清《哪里走》）

这个选择对朱自清来说是痛苦的，消极的，只不过是"想找一件事，钻了进去，消磨了这一生"。他意识到这是一条"死路"，但他眼下只能往这条路走去，别无他途。"乐得暂时忘记，做些自己爱做的事业；就是将来轮着灭亡，也总算有过称心的日子，不白活了一生"。（朱自清《哪里走》）

但是，作为一个现实主义作家，朱自清绝不能面对血泪人生而无动于衷，因此他又说：

虽是当此危局，还不能认真地严格地专走一条路——我还得要写些，写些我自己的阶级，我自己的过、现、未三时代。（朱自清《论无话可说》）

他毕竟又是一个执着于生活、追求进步的知识分子，因此他虽定下自己"好走的路"，但心中却依旧要考虑到"哪里走？哪里走！"的问题。虽然他知道"这种忧虑没有一点用，但禁不住它时时地袭来，只要有些余暇，它就来盘踞心头，挥也挥不去"。

路，暂时确定了；心，也暂时获得安宁。

朱自清绍兴旧居

饿死不领美国救济粮

——爱国知识分子的楷模朱自清

欧 洲 之 旅

一九二九年，朱自清妻子武钟谦病逝于扬州家中，他后来写了著名散文《给亡妇》，来悼念这位善良的妻子。一些关心朱自清的朋友，感到他孤身一人生活不便，应该及早续弦，于是开始为他物色介绍，选定的对象便是陈竹隐女士。

陈竹隐原籍广东，但从高祖起就迁往四川了。一九○五年生，小朱自清七岁，十六岁时父母相继去世，生活清苦。后来考入四川省立第一师范学校，毕业后开始独立生活，继后又考入北京艺术学院，学工笔画，曾受教于齐白石、肖子泉、寿石公等人，又从浦熙元学习昆曲，常到浦家参加"曲会"。浦熙元看她年龄已大，北京也无亲人，便关心她的婚姻问题，与清华大学教授叶公超谈及此事，请其作伐。

一九三一年四月的一天，两人便这样见面了，从此两人开始通信，感情不断发展，两情相许，两心相依，六七月间，两人在北平订婚了。

这年八月，朱自清获得了出国游历的机会，二十二日，他从北平启程前往欧洲。胡秋原、林庚、陈竹隐等十余人前来送行。八时二十五分，汽笛低沉地长啸一声，车轮启动，列车徐徐而去，朱自清看着月台上面带微笑的陈竹隐，向她挥手告别。翌晨五时到沈阳，二十四日到达哈尔滨，二十六日又登车启程，第二天到满洲里，二十八日晚七时许，车过举世闻名的贝尔加湖，九月二日，列车下午两点抵达莫斯科，三日，过波兰，越莱茵河，四日，经柏林，五日抵达巴黎，和朋友们游览了卢浮宫、凡尔赛宫、巴黎圣母院、铁塔、殖民地展览会等。八日早上登车，下午抵达伦敦，暂时寓旅馆，连日忙于联系大学，寻找住所，购买衣物，并和友人游览了伦敦堡、博物馆、海德公园、

1931年8月赴英国留学前与清华大学中国文学会全体师生合影。前排右一为俞平伯，右二为朱自清；二排右二为浦江清。

饿死不领美国救济粮
——爱国知识分子的楷模朱自清

1932年与英国友人摄于伦敦。二排右二为朱自清。

伦敦大街、帕尔议会大厦、白金汉姆宫等。

正当朱自清在英伦漫游之时，他的祖国河山正遭到外敌铁骑的蹂躏。

日本帝国主义早有侵吞中国富饶东北的野心，一九二七年四月，臭名昭著的"田中奏折"就公然叫嚣："惟欲征服支那必先征服满蒙，如欲征服世界必先征服支那。"一九二七年资本主义世界经济危机爆发，日本为缓和国内的阶级矛盾，加紧了侵略中国的步伐。一九三一年七月，日军制造了挑拨中朝关系的"万宝山事件"；八月，又制造了日本间谍失踪的"中村事件"，狂叫"根本解决满蒙问题"，"以武力解决悬案"，悍然调动军队开进东北境内。

九月十八日夜间，日本关东军故意制造事端，下令军队向东北军驻地北大营发起攻击，重炮猛轰沈阳城。事变发生时，蒋介石下令东北军"绝不抵抗"，"避免冲突"，二十几万东北军竟一枪未发，撤入关内，沈阳城一夜之间陷入敌手。接着，日军又分兵进占长春、本溪、牛庄、营口及安东等地，至二十一日，辽宁、吉林两省千里江山几乎全部被其侵占。

　　朱自清在《泰晤士报》得知九一八事变的消息，心中非常焦急，但报国有心，救国无方，徒唤奈何，在给陈竹隐的信中写道："阅报知东省事日愈。在外国时时想到国家事，但有什么法子呢?"

1932年7月26日自欧洲回国途中摄于Conte Rosso号海轮上。左起：朱偰、朱自清、柳无忌、高蕴鸿。

十月，朱自清至皇家学院办上课手续，学校规定要选四门课，且须主课，遂决定不在该校进修。翌日，往另一所大学上课，修语言学及英国文学。

在雾重重的伦敦，朱自清除了学习外，大部分时间用在游览上。同时，他也时刻挂念着国内时局的发展。九一八事变后，日本帝国主义为巩固其侵华利益，变本加厉地推行其并吞中国的野心计划。他们把魔爪伸向上海，一九三二年一月十八日，日本和尚在上海马玉山路向中国工人义勇军挑衅；二十日，日本浪人焚烧中国纺织厂，捣毁中国商店，杀害中国警察；二十四日，日本特务火焚日本驻华公使馆，制造事端，并于二十七日向上海市政府提出禁止排日运动、取消抗日救国会等四项无理要求，调动海陆空军集结上海。二十八日，日军疯狂地向上海江湾、北站、吴淞等地发起进攻。驻守淞沪的十九路军在广

1932年8月4日，朱自清与陈竹隐在上海结婚。

大上海人民的协助下，不顾蒋介石的不抵抗政策，奋起抗击，英勇杀敌，毙伤日军万余人，这就是震动全国的一·二八事变。

自九一八之后，朱自清一直注意阅读报纸，关心国内情况。当他听到日军对上海进行军事挑衅时，心中十分不安，在一月二十二日的日记中写道："我们的国家现在正处于危急关头，我们正在忧患之中没落。

朱自清

饿死不领美国救济粮
——爱国知识分子的楷模朱自清

我们能做些什么呢？有一件事是显而易见的，不能再讲空话了。"

二十九日，他从收音机中听到一·二八事件，更是忧心如焚，在日记中写道："无线电广播说日本人占领了上海，商务印书馆和北火车站被炸成一片火海。这真是人类文化的浩劫。我担心东方图书馆是否还幸存着！"

二月二日，他在报纸上又看到日本宣称在上海大获全胜的消息，顿时心中更加烦乱。

"自去年九月到达伦敦，至今已半年多了，光阴如驶，假期将尽，该作归计了。"回国前，他游历了法国、德国、荷兰、瑞士、意大利五国，七月，告别了如梦般的威尼斯，乘意大利罗索伯爵号轮船，经红海、印度洋返国。八月，他与陈竹隐在上海结婚。之后，回到清华大学任中国文学系主任。

支 持 抗 战

一九三一年九一八事变后，日本帝国主义对中国的侵略步步深入，国民党则步步退让，民族危机又一次笼罩了全国。

民族危机的严重，使中国革命又开始高涨起来。一九三五年十二月九日，北平万余学生救国请愿，他们高呼"停止内战，一致对外！""打倒日本帝国主义！""反对华北五省自治！""收复东北失地！""打倒汉奸卖国贼！""武装保卫华北！"等口号，当他们的合

1933年春，在燕京大学郑振铎宅前合影。左起：俞平伯、郭绍虞、浦江清、顾颉刚、赵万里、朱自清、陈竹隐、郑振铎夫人高君箴、顾颉刚夫人殷履案、郑振铎。

饿死不领美国救济粮
——爱国知识分子的楷模朱自清

1936年与友人在北平合影。前排左为朱自清。

理要求遭到无理拒绝时，各校代表当即决定将请愿改为示威游行。当游行队伍前锋到达王府井大街时，大批警察用水龙、大刀、木棍向手无寸铁的学生施暴。爱国学生不畏强暴，队伍仍在继续前进。这时，警察打开水龙，冰冷的水柱喷射在学生们身上，接着又挥舞皮鞭、枪柄、木棍殴打。学生们与军警展开英勇的搏斗，有百余人受伤，游行队伍被打散。就在这一天，学生中有一百多人受伤，三十余人被捕。

年轻人以血肉之躯将中国历史推进到一个重要关头。一二·九之后，学生们仍继续斗争。他们罢课，发表宣言，明确提出"打倒日本帝国主义"，反对内战，要求一致抗日。十四日，《立报》以《北平消息》

为题，发表了朱自清给谢六逸的信，在知识界获得良好的反应。也就在这一天，北平报纸披露，"冀察政务委员会"将于十二月十六日宣告成立。是可忍，孰不可忍。十六日，三万多名爱国学生举行了更大规模的游行示威，"反对华北自治，争取民族解放"，国民党当局竟再次残忍地血腥镇压，全市学生被捕的有三十余人，受伤者近四百人。

朱自清再一次感受到了青年学生的革命之火和爱

1936年11月，日军进攻绥远和察东，当地驻军奋起抗击，一举收复了百灵庙和大庙。消息传到北平，各校师生群情振奋。清华和燕京师生联合组织慰问团。18日，朱自清（左三）代表清华教职工与清华学生自治会主席王达仁（右三），会同燕京大学教授梅贻宝（左二）及学生代表，到绥远集宁前线慰问抗日将士。图为在百灵庙与将士们的合影。

国之情，他主动跟学生们一道参加了游行。他认定学生的行为是爱国的、正义的。虽然很担心他们流血，仍真诚地支持他们的行动。学生的爱国热情，激励着朱自清，他情绪昂奋，热血沸扬，虽然眼下半壁江山胡尘蔽天，可他并不悲观，他从这些年轻学生身上看到了民族的希望。他怀着激动的心情，写了一首《维我中华歌》：

......

青年人，慎莫忘：

天行有常，

人谋不臧，

百余年间，

蹙国万里，

舆图变色，

痛切中肠。

青年人，莫悲伤！

卧薪尝胆，

努力图自强。

先民有言：不问收获只耕耘。

献尔好身手，

举长矢，射天狼！

还我河山，

好头颅一掷何妨？

神州睡狮，震天一吼孰能量？

维我中华，

泱泱大邦！

原田朊朊，

山高水长。

鸡鸣嘐嘐风雨晦，

着先鞭，

莫彷徨，

三军夺帅吾侪不可夺志，

精诚所至，

金石难当。

有志者，

事竟成，

国以永康。

次年春，北平大、中学生联合歌咏团于太和殿广场举办露天音乐会，他们把这首激励救亡的诗谱了曲子，由六百人组成的合唱团向广大市民演唱。

随着学生抗日热情的高涨，反动派也加紧了破坏

在位于沈阳市大东区的柳条湖桥附近的九一八事变博物馆，有一座警世钟悬挂在三角形的支架上，锈迹斑斑的钟身上铸造着醒目的铭文——"勿忘国耻"。

活动，把黑手伸进了校园。六名学生一整天躲避在他家中。他热爱这些学生，热爱这些爱国青年，并愤于反动当局"对爱国学生之手段，殊过残忍"；抗日战争前和抗战胜利后，他曾在自己家里多次掩护过这些进步学生。

一九三六年十月，伟大的文学家、思想家和革命家鲁迅先生在上海逝世。清华学生举行追悼会，朱自清出席演讲，并于十一月十六日拜访鲁迅夫人。次日，他到绥远百灵庙去慰问抗日部队，"对前线抗敌官兵致吾人之赞扬与敬意"；途中，结实了共产党员范长江同志。他觉得"这个青年人可能是共产党员，他很有见解。中国要强起来，还得靠这样的青年；要这样，才是真有作为的青年！"

不久之后，时局又发生了戏剧性的变化。十月间，东北军张

西安事变前夕的张学良(左)、杨虎城(右)

饿死不领美国救济粮
——爱国知识分子的楷模朱自清

学良、杨虎城携手合作，决定联共抗日，毅然发动"兵谏"，派兵到临潼华清池拘禁了蒋介石及其重要将领十余人，提出了停止内战、实行民主、坚持抗日的八项主张，并致电中共中央，邀请中共派代表至西安共商救国大计。这就是震惊中外的"西安事变"。

消息传到北平，人们对真相不很明了，议论纷纷，莫衷一是。朱自清心中也很惶惑不安。当时，他并不了解这个事变是由我党领导的，和它对扭转时局，形成全国抗战局面的伟大意义。

西安事变终在中国共产党正确方针指引下，得到和平解决，国民党被迫坐到会议桌旁和共产党谈判，蒋介石被释放了，内战也停止了，国内暂时出现一点新的气象。清华大学照常上课了，朱自清除了教学，仍专心致志地写他的《诗言志辨》。但民族危机感仍像

一块磨盘压在他的心头，使他寝食不安。

光阴荏苒，韶华易逝。转眼间一九三六年又在腥风血雨中消逝了，自己在不知不觉中，已步入不惑之年，回首往事，不胜感慨：

盛年今已尽蹉跎，游骑无归可奈何？
转眼行看四十至，无闻还畏后生多。
前尘项背遥难望，当世权衡苦太苛。
剩欲向人贾余勇，漫将顽石自磋磨。

悲叹青春之流逝，感喟世事之艰辛，他虽对自己感到不满，但也不甘消沉，仍要自策自励，勇敢地向前走去。

卢沟烽火

一九三七年七月
七日晨曦，天空迸出
一道血色的原始光
明，照亮了苍茫的大
地。一个令人气愤而
又兴奋的消息随着晨
风传遍了清华园：日
本侵略军诡称一个士
兵失踪，于夜间向在
北平西南宛平县的卢
沟桥附近进犯，发出
了妄图灭亡中国的罪
恶枪炮声。中国驻军

朱自清（右一）与友人合影于
云南蒙自南湖。朱自清受聘为南湖
诗社导师。

当即奋起抵抗。这就是有名的七七事变。

日本帝国主义者的侵略炮声，为那黑色的历史一
页，画上了一个长长的惊叹号！

七七事变是日本帝国主义大规模侵华战争的开始；
也是中国人民奋起抗日战争的开始。中国共产党在事
变后第二天，即向全国发出通电，指出"只有全民族

实行抗战，才是我们的出路！"号召全国人民团结起来，"筑成民族统一战线的坚固长城"，"国共两党亲密合作抵抗日寇的新进攻"。蒋介石在全国人民的压力下，不得不表示"抗战到底"的决心，但他的态度仍然是动摇的，因而又声称"在和平根本绝望之前一秒钟，我们还是希望由和平外交方法，求得卢事的解决"。国民党政府的妥协，助长了日本帝国主义的气焰，不久，北平陷落。

卢沟桥的炮声粉碎了朱自清的"安全逃避所"，打破了他多年来迷恋"国学"的绮梦，他开始意识到只有起而抵抗别无他途了。一天，一个学生要投笔从戎，奔赴沙场，前来辞行。朱自清很激动，他激昂地说：

1942年与友人合影于昆明。左起第六人为朱自清。

"一个大时代就要到临，文化人应该挺身起来，加入保卫祖国的阵营"。学生请他在一本小册子上题几个字，他毫不推辞，拿起笔来在上面写了岳飞《满江红》中的一句：壮志饥餐胡虏肉，笑谈渴饮匈奴血！

八月五日，日军开进清华园，荷枪实弹的日兵立于校门口，"水木清华"陷入了魔爪。

朱自清在成都休假一年后，自1941年11月起，只身住在昆明北郊龙泉镇司家营17号。这里也是清华文科研究所所在地。上图为司家营17号正门。下图为司家营17号小楼，朱自清、浦江清、许维遹、何善周四人同居一室。对面一间住着闻一多一家。

政府为了使学生不致在抗战期间失学，决定北京大学、清华大学和南开大学南迁长沙，称长沙临时大学。清华师生在日寇刺刀胁迫下，准备南下。因动乱中携带家眷不便，朱自清决定单独前往长沙。临时大学一切均是草创急就，筹备工作千头万绪，纷乱无章。本部设于长沙小东门外韭菜园圣经学校，朱自清就暂住在这里。大学共设置四个学院十七个学系。朱自清任中国文学系主任，并被推为该系教授会主席。

十一月，朱自清又到临时大学文学院所在南岳。文学院在南岳呆了三个月，朱自清和中文系师生团结一致，和衷共济，生活虽然艰苦，却很充实，精神很愉快。

一九三七年十二月十三日，南京陷落，日寇对这

1946年5月3日，西南联合大学结束时与中文系全体师生合影于教室前。二排坐者左起：浦江清、朱自清、冯友兰、闻一多、唐兰、游国恩、罗庸、许维遹、余冠英、王力、沈从文。

饿死不领美国救济粮

1946年返回清华园后，与友人作"桥戏"。左起：邵循正、朱自清、吴晗、浦江清。

座古城进行了惨绝人寰的大屠杀，并沿长江一线进逼，威胁武汉，危及长沙。为了把学校继续办下去，学校决定将学校迁往昆明。这时，临时大学决定文学院和法商学院设在蒙自。蒙自在昆明南面至越南边境约四分之三处，是个弹丸小邑，只有三四条短街，几间店铺，生活虽然简陋艰苦，但也有乐趣。

一九三八年四月二日，教育部决定改长沙临时大学为西南联合大学。西南联合大学在昆明西北三分寺附近购置了一百多亩地，建盖了多间教室和宿舍，均以泥土为墙，茅草为顶，比较简陋。西南联合大学于十月初成立了校歌编写委员会，朱自清、闻一多、冯友兰等都是该会成员。他们撰写的歌词为《满江红》，词云：

万里长征，辞却了五朝宫阙。暂驻足衡山湘水，又成离别。绝徼移栽桢干质，九州遍洒黎元血。尽笳吹弦诵在山城，情弥切。千秋耻，终当雪；中兴业，须人杰。便一成三户，壮怀难折。多难殷忧新国运，动心忍性希前哲。待驱除仇寇、复神京，还燕碣。

这首词调沉重的校歌，简明地表述了西南联合大学诞生的历史背景，表达了他们应负的时代使命，显现了西南联合大学师生对抗战必胜的决心。

十一月八日，新学期正式开学，朱自清连日忙于指导学生选课，这学期他开讲"文学批评"，这门课他花了很长时间准备，材料丰富，观点明确，深受学生

欢迎。多年后，听过他课的学生，还清晰地记得他讲过的内容：先生讲文学批评的"察往知来"，把中国文学批评分作四部分：一、言志与缘性，说及传统上讨论到诗文价值的问题，这是偏于内容方面的，先生特别指出古代诗与教化的关系；二、模拟，偏于形式方面，先生特别指出模拟中创新的精神，所谓"通变"；三、文笔，说及文章分体及其来源的问题，以及文学意念之变迁、发展等；四、品目，把历来用来表明文学价值之德性词分类加以说明。

他是站在整个文化进化历史高度来看问题的，因此绝不就事论事，局囿于文学理论批评本身，而是关照到社会、政治、思想、习俗等各个方面，去阐述历史文化的现象及其产生的原因，达到一定的深度。

在教学上，朱自清还是本着一贯认真的精神，绝不因生活乱而有半点马虎。平日，他总是兢兢业业地工作，对学生要求严格，对自己也毫不放松。连给学生改作业，都是字斟句酌的，一丝不苟，甚至连一个标点符号都不放过。

一九四一年八月，昆明遭到日机的疯狂轰炸，西南联合大学许多学生宿舍被毁，实验室、办公室也多遭破坏。学校在东北郊龙泉镇司家营成立文学研究所，由冯友兰任所长，闻一多为主任。朱自清调往清华文

20世纪40年代王力教授送罗常培去美国。从左至右为：
朱自清、罗庸、罗常培、闻一多、王力。

学研究所。

　　这一时期，朱自清生活困顿，身体病弱，胃病时常发作。他收入不多，却要分在几处花，经济非常拮据。思想负担也日益加重，身心都痛苦异常。然而，朱自清的精神又是振奋的，因为："抗战以来，第一次我们获得了真正的统一；第一次我们每个国民都感觉到有一个国家——第一次我们每个人都感觉到中国是自己的。完全的理想已经变成完整的现实了。"他集中精力读书著作，竭力主张文艺为抗战服务，提倡写抗战诗和爱国诗。他的心灵已完全被抗日烽火熊熊燃烧起来了，他热爱祖国，拥护抗战，文艺思想也有了很

饿死不领美国救济粮
——爱国知识分子的楷模朱自清

大的进步，已经由为人生而艺术，进步到为抗战而艺术了。七七抗战两周年的时候，他写了短文《这一天》，热烈地歌颂抗战。他写道："我们惊奇我们也能和东亚的强敌作战，我们也能迅速地现代化，迎头赶上去。世界也刮目相看，东亚病夫居然奋起了，睡狮果然醒了。从前只是一大块沃土，一大盘散沙的死中国，现在是有血有肉的活中国了。从前中国在若有若无之间，现在确乎是有了。……我们不但有光荣的古代，而且有光荣的现代；不但有光荣的现代，而且有光荣的将来，无穷的世代，新中国在血火中成长了。"此时的他，在人民的奋起中看到了力量！他对祖国的前途，抗战的前途，充满了信心。他的乐观情绪和自信心与当时的一些失败主义者的表现形成了鲜明的对比。

困难中坚持著述

国民党的统治越来越腐败，以蒋介石为代表的官僚资产阶级乘抗日之际大发国难财，横征暴敛，滥发钞票，物价一日几涨。人民在饥饿和苦难中挣扎。朱自清一家的生活困苦不堪，连食米都经常要靠亲友接济。

生活的艰苦和不安定没有阻碍朱自清的学术研究和文学创作，他认为，抗战第一，生活苦一点不要紧，只要抗战胜利，什么问题都可以解决。因此，他仍旧致力于做学问搞创作，埋首研读，并以一个学者严谨求实的认真态度，完成了诸多高质量的创作。

二十世纪四十年代以后到抗战胜利的

1947年，与清华大学中文系部分师生游北平西山。三排右二为朱自清，右三为余冠英。

饿死不领美国救济粮
——爱国知识分子的楷模朱自清

1947年，与清华大学中文系教师合影。

那几年，他将多年的研究心得加以整理并取得丰硕的成果。在此基础上，每隔两三年甚至每年他都要开设新的课程。初到清华时讲授李杜诗和国文基础课。一九二九年朱自清带头实践，开设了"中国新文学研究"和"中国歌谣"两门崭新的课，首先打破了中国文学系教学设置的旧格局，使"五四"以来文学和民间文学成为一门独立学科。"在当时保守的中国文学系课程表上，很显得突出而新鲜，引起学生浓厚的兴趣。"以后又陆续开设了"古今诗选""陶诗""李贺诗""中国文学批评""宋诗""文辞研究""谢灵运诗"等许多新课。有的课程虽然上课的学生寥寥无几，他依旧认真地讲解，如同对着许多听众一样，这令学生们很是感动。

为了教好中国古典诗词，朱自清自觉必须要能写好旧体诗词。作为了解、研究古代诗词的一种方法，他从逐字逐句的模拟入手，逐渐取得了很深的功力和造诣。特别是抗日战争后，写了许多清新朴素、自成一格的旧体诗。这些诗词收入他后来自提的《敝帚集》和《有限博弈斋诗钞》中。四十年代，他又完成了《诗言志辨》一书。这是他多年来研究我国古代诗歌的结晶，其中，对有关古代诗歌的一些基本概念作出了新的、正确的解释，廓清了过去许多错误的观念。

朱自清（右五）于1948年与清华大学中文系同学在清华园三院前合影。

同时，他将多年来研究我国古代典籍的心得加以综合整理，写成了《经典常谈》一书。这是概括而又比较系统地介绍我国传统文化的一个尝试。他力求采择新的观点，又力求通俗化，为青年和一般读者了解我国传统文化提供了便利。

他又与叶圣陶合作，将他们多年从事中国语文教学的经验加以整理，写成了《精读指导举隅》《略读指导举隅》和《国文教学》三本书。一九四一年以后，他重新研究新诗，一九四四年又写成了《新诗杂话》一书。

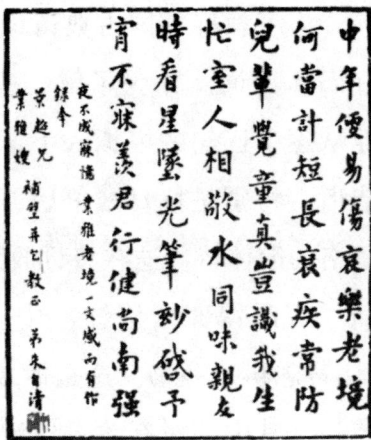

这个时期，朱自清的散文不但在艺术风格上继续发扬了以往的特色，在内容上，在反映时代上，较之过去也前进了一步。如同他在《语文影及其他》一书自序中所讲的："这个世纪的二十年代，承接着第一次世界大战，正是玩世主义盛行的时候，也正是作者的青年时代，作者大概很受了些《语丝》的影响。但是三十年代渐渐的变了，四十年代更大变了，时代越来越沉重，简直压得人喘不过气，哪里还会再有什么闲情逸致呢！"他一直是爱国的，热烈期望着"一个理想的完美的中国"。在抗战中，他们进一步认识了时代，发现了"大众力量的强大"，因而使自己的作品采取了更严肃的态度，并开始自觉地"诉诸大众"，面向大众。他们前进了。

李闻事件

一九四五年八月十五日，日本政府宣布无条件投降，中国人民艰苦抗战十四年，终于取得了最后的胜利。九月二日，日本无条件在投降书上签字。三日晚，为了庆祝胜利，昆明学联联合社会青年和社会人士在西南联合大学举行"从胜利到和平"的联欢晚会。会议响彻了反对内战、要求民主，要求和平，反对美国干涉我国内政的口号，充分显示了进步力量的威力。朱自清也和大家尽了一日之欢。

1947年7月20日，闻一多死难周年纪念会后，部分与会者在清华大学礼堂前合影。

饿死不领美国救济粮
——爱国知识分子的楷模朱自清

由朱自清主持编撰的《闻一多全集》4卷本，于1948年7月出版。

这时国内外政治形势已发生突然变化，抗战胜利后，国民党反动政府在美国支持下，集中力量抢夺胜利果实。抗战硝烟刚刚消失，内战的灾难又将降临祖国大地。几个月后，国民党军警特务就在昆明残杀了要求民主、反对内战的学生，制造了震惊全国的一二·一惨案。

年轻人的血，深深地震动了朱自清的灵魂。

血，使他认识到民主进步的力量；血，使他认识到当权者的凶残；血，使他认识到自身的弱点；血，引起了他深刻的反思。他自感惭愧，他深切地感到"余性格中之懦弱，必须彻底革除，此亟需决心。"这一思想火花，预示了他精神世界将开始发生决定性的变化。

自抗战胜利以来，朱自清一直关心着时局的变化，注视着这场斗争的发展，在十一月十五日、二十八日、三十日的日记中，他都记叙了学生运动的情况。十二月一日，当他看到反动军队向师生施暴时，十分愤怒，特地在日记中录下他们的暴行：

军人与便衣打入学校各部分，在师范学院扔手榴弹四枚，死三人，伤者甚多。

九日，朱自清赴西南联合大学图书馆灵堂，向死难的四烈士哀悼致敬。

一九四六年，蒋介石一手挑起的全面内战终于爆

饿死不领美国救济粮
——爱国知识分子的楷模朱自清

在上海举行的追悼李公朴和闻一多先生大会会场门前的情景

发了！昆明的空气也突然紧张起来，斗争更加艰苦了。国民党宪兵在昆明加剧了法西斯统治，他们迫害进步团体，破坏民主活动。民主人士受到恫吓。

但是，尽管"雨横复风狂"，斗争的火焰并没有熄灭。李公朴、闻一多等进步人士没有被吓倒，他们冒着生命危险，到处奔走呼号，发起"争取和平联络会"的签名运动，动员人民群众起来反对内战，反对特务迫害，争取民主，争取自由。他们揭发反动派制造内战的罪恶，支持共产党所提出的：长期停战、恢复交通、整军复员、重开政协等四项建议。

鬼蜮害怕了，他们秘密策划，要以"最末的手段"置民主斗士于死地。

七月十一日夜，血腥事件终于发生。这天晚上，李公朴和夫人去往南屏大戏院看电影，回程途中惨遭特务枪杀。

　　得到李公朴噩耗，闻一多拍案而起，怒斥反动派卑鄙无耻。十五日下午，他亲临云大，主持李公朴丧仪，他指着台下怒喊：今天这里有没有特务？你站出来，是好汉的站出来！闻一多的讲话获得全体与会者的拥护，掌声雷鸣，怒吼声震动了整个会场。然而就在这一天，国民党特务的魔爪伸向了他，闻一多遭特务尾随枪击，壮烈牺牲。

　　闻一多的死，让朱自清大为震惊，他在日记中写道：

　　此诚惨绝人寰之事。自李公朴被刺后，余即时时为一多之安全担心，但绝未想到发生如此之突然与手

饿死不领美国救济粮
——爱国知识分子的楷模朱自清

李公朴和闻一多

段如此之卑鄙！此成何世界！

　　他接连写了两篇悼念文章，指出"他要的是热情，是力量，是火一样的生命"。

　　朱自清从这一惨绝人寰的血腥事件中，窥见了反动派的残酷手段，看到了黑暗现实的真相。闻一多的血光似乎在一刹那间照亮了他的眼睛，照亮了他的灵魂。已经二十年不写诗了，强烈的愤怒使他又拿起笔来写了一首：

> 你是一团火，
>
> 照彻了深渊；
>
> 指示着青年，
>
> 失望中抓住自我。
>
> 你是一团火，
>
> 照明了古代；
>
> 歌舞和竞赛，
>
> 有力猛如虎。
>
> 你是一团火，
>
> 照亮了魔鬼；
>
> 烧毁了自己！
>
> 遗烬里爆出个新中国！

天行健
君子以
自强不
息　録奉

奕帆同學

朱自清

这标志着朱自清的思想有了重大的变化。他已从闻一多这"一团火"中，认识到国民党反动派是一群吃人的"魔鬼"，认识到只有发扬闻一多那种不怕"烧毁自己"的精神去进行斗争，美好的"新中国"才能实现。

八月十八日，成都各界举行李闻惨案追悼大会，外间传闻特务要来捣乱，许多人吓得不敢去了，朱自清却毅然前往，并作了讲演。他慷慨激昂地介绍闻一多生平事迹，颂扬他火一样的革命精神，控诉特务罪行，向反动当局提出抗议。他的讲话博得全场掌声，不少听众落下了眼泪。

走 向 人 民

一九四六年十月七日，朱自清一家乘飞机直接飞回阔别多年的北平。

历经了闻一多这"一团火"的洗礼，朱自清的思想有了很大的变化。十多年前，他在《哪里走》一文中，曾意识到自己往故书堆里钻，"正是往死路上走"，但他愿意如此，不过他还说过这样的话："因果轮子若急转直下，新局面忽然的到来，我或许被迫着去做那些不能做的工作，也未可知。"现在，这个局面终于到来了，在民主浪潮的冲刷下，他思想中的阴影开始消散，长期以来萦绕在他脑际的"哪里走？哪里走！"的问题解决了。十月十三日，他在《大公报》副刊《星期文艺》上，看到杨振声一篇题为《我们打开一条生路》的文章，

朱自清故居塑像

中间在谈到知识分子的时代命运时说道："我们在这里就要有一点自我讽刺力与超己的幽默性，去撞自己的丧钟，埋葬起过去的陈腐，重新抖擞起精神做这个时代的人"。朱自清一方面感到"这是一个大胆的、良心的宣言"，而另一方面却又感到"这篇文章里可没有说到怎样打开一条生路"。因而他特地写了一篇《什么是文学的"生路"》发表在《新生报》上，对这个问题进行专门讨论，他告诉人们，知识分子的"生路"就是"做一个时代的人"。这是一个什么样的时代呢？他说，"这是一个动乱时代，是一个矛盾时代，但这是平民世纪"。他指出：

2006年，位于浙江省温州市的朱自清旧居因旧城改建迁至新址后开放，旧居保留了晚清民国时期的建筑风格。朱自清于1923年来到温州任教。

叶圣陶和朱自清

中国知识阶级的文人吊在官僚和平民之间，上不在天，下不在田，最是苦闷，矛盾也最多。真是做人难。但是这些人已经觉得苦闷，觉得矛盾，觉得做人难，甚至愿意"去撞自己的丧钟"，就不是醉生梦死。我们愿意做新人，为新时代服务。文艺是他们的岗位，他们的工具。他们要靠文艺为新时代服务。文艺有社会的使命，得载道的东西。怎样才能载这个"道"呢？他认为"得有一番生活的经验"；而知识分子"还惰性地守在那越来越窄的私有的生命的角落上。他们能够嘲讽的'去撞自己的丧钟'，可是没有足够的勇气'重新抖擞起精神作这个时代的人'，这就是他们我们的矛盾和苦闷所在"。因此，他大声疾呼，要冲出象牙塔，走到人民中去，"文人得作为平民而生活着，然后将那生活的经验表现、传达出来"。在文章最后，他诚挚地告诉大家：知识阶级的文人如果再能够自觉地努力发现下去，再多

扩大些，再多认识些，再多表现、传达或暴露些，那么，他们会渐渐地终于无形地参加了政治社会的改革。那他们就确实站在平民的立场，"作这个时代的人"了。

这时他已明确地意识到，时代要求知识分子要"站到平民的立场上来说话"。因此特别强调立场的重要性：说到立场，有人也许疑心是主观的偏见而不是客观的态度，至少也会妨碍客观的态度。其实并不是这样。我们讨论现在，讨论历史，总有一个立场，不过往往是不自觉的。立场大概可分为传统的和现代的；或此或彼，总得取一个立场，才有话可说。就是听人家说话，读人家文章，或疑或信，也总要有一个立场。立场其实就是生活的态度；谁生活着总有一个对于生活的态度，自觉的或不自觉的。

他的思想已结束了中间状态，从学者向战士迈出了坚实的一步。

他开始喜爱杂文这一文体，认为它是抨击黑暗现实的利器，是开辟时代的"开路先锋"。最重要的还在于它符合时代的需要："时代的路向渐渐分明，集体的要求渐渐强大，现实的力量渐渐迫紧。于是杂文便成了春天第一只燕子。杂文从尖锐的讽刺个别的事件起手，逐渐放开尺度，严肃地讨论到人生的种种相，笔锋所及越见深广，影响也越见久远了。"

他特别喜爱鲁迅的杂文，认为鲁迅的杂文"'简短'而'凝练'，还能够'尖锐'得像'匕首'和'投枪'一样；主要的是在用了'匕首'和'投枪'战斗着"。他告诉人们：鲁迅是用杂文"一面否定，一面希望，一面在战斗着"；"他'希望'地下火火速喷出，烧尽过去的一切；他'希望'的是中国的新生！"现在，他决意向鲁迅学习，为迎来新生的中国，他面向黑暗的现实，高举起锐利的投枪！

此后，朱自清的精神状态和以往大不一样了，创作欲望重新又高昂起来。他的文学观也开始变了，认为文学的标准与尺度是在不断发展着的，在他看来又是和社会变化和阶级的变化相一致的：社会上存在着特权阶级的时候，他们只见到高度和深度；特权阶级垮台以后，才能见到广度。从前有所谓雅俗之分，现在也还有低级的趣味，就是从高度深度

来比较的。可是现在渐渐强调广度，去配合着高度深度，普及同时也提高，这才是新的"民主"的尺度。要使这新尺度成为文学的新标准，还有待于我们自觉的努力。他的创作视野开阔了，眼光已从个人小天地转向广阔的社会背景，严肃地观察、分析着现实的矛盾，认真地思考着人生的问题。

一九四六年十一月，以他为召集人的"整理闻一多遗著委员会"组成。此后一年间，他收集遗文，编辑校正，拟定目录，发表了许多篇未刊的遗著，花费了许多精力，并为编订的《闻一多全集》写了序和编后记。在他的主持下，整个清华中文系工作人员都动员起来了。正如吴晗所说："没有佩弦先生的劳力和主持，这集子是不可能编集的。"《闻一多全集》终于于一九四八年朱自清逝世前一个月出版了。他可以告慰亡友于地下了！

清华大学朱自清雕塑

——爱国知识分子的楷模朱自清

饿死不领美国救济粮

坚定地站起来

一九四七年初，国民党反动政府以清查户口为名，在北平逮捕了两千多人。朱自清痛恨反动派大规模迫害人民的法西斯暴行，签名于"抗议北平当局任意逮捕人民"宣言。这个宣言就是当时有名的十三教授宣言。宣言在报纸发表时，朱自清名列第一，国民党特务曾三次到他家寻衅，然而朱自清并没有退却，他在反动派面前坚定地站起来了！

他真的站起来了！他毅然决然同当时的学生运动、同中国共产党领导的人民解放斗争站在一起了。一九四七年到他逝世这一年多的时间里，他写了四十多篇文章，并多次在学生的集会上发表演讲。这些文章和演讲，正如他自己所说的，都是"近于人民的立场"。他真诚支持党所领导的人民的正义斗争，并根据自己的经验和专长，积极提出有益的建议。他说到做到，不但继续在许多抗议国民党反动政策的宣言上签名，并且亲自为清华教授"反饥饿，反迫害"罢教一天起草了宣言。

知识分子的道路

我没有多少意见，只讲几点。

第一点是过去士大夫的知识都用在政治上，用来做官。现在则除了做官以外，知识分子还有别的路可走。像工程师，除了劳心之外，还要同时动动手。士大夫是从封建社会来的，与从工业化的都市产生的新知识分子不同。旧知

1948年同清华大学中文系师生合影。前排左二为郭良夫；二排左二为余冠英，左三为浦江清，左四为朱自清，左六为许维遹。

饿死不领美国救济粮
——爱国知识分子的楷模朱自清

1948年与清华大学中文系师生合影。前排左起第一人至第四人为朱自清、余冠英、李广田、许维遹；二排左起第二人为浦江清。

识分子——士大夫，是靠着皇帝生存的，新知识分子则不一定靠皇帝或军阀生存，所以新知识分子是比较自由的。他们是"五四"以后才有的，例如刚才所说的大学教授等等。

第二点是觉得大学生应该也是知识分子。这样的话，如说知识分子的定义，是靠出卖知识为生的，好像就不大对。

知识分子的道路有两条：一条是帮闲帮凶，

向上爬的，封建社会和资本主义社会都有这种人；一条是向下的。知识分子是可上可下的，所以是一个阶层而不是一个阶级。

第三点是关于刚才谈到的优越感。知识分子们的既得利益虽然赶不上豪富们，但生活到底比农人要高。从前的士比较苦，我们的上一代就是提倡节俭勤苦。到资本主义进来，一般知识分子才知道阔了起来，才都讲营养讲整洁，洋化多了。这种既得利益使他们改变很慢。我想到以前看《延安一月》的时候，大家讨论，有一个感想——就是一个人如果落到井里去了，在井旁救他是不行的，得跳下井去救他，一起上来。要许多知识分子每人都丢下既得利益不是容易的事，现在我们过群众生活还过不来。这也不是理性上不愿接受；理性上是知道该接受的，是习惯上变不过来。所以我对学生说，要教育我们得慢慢地来。

看到张东荪先生的文章，说不用跳下井去，

名师荟萃：夏丏尊、朱自清、丰子恺、朱光潜、匡互生等。

可以把一般人拉上来和我们一样，觉得放心了许多；但方才听袁翰青先生的话，说增产的过程很长，要十年二十年，又觉得还是很不容易的。

注：一九四八年七月二十三日，《中建》半月刊在清华大学的工字厅召开座谈会，讨论"知识分子今天应该做些什么？"以上为朱自清在座谈会上的发言记录。

向新时代学习

作为一个文人，朱自清感到人民需要他写，需要他这支笔为他们服务，需要他为新时代的来临多作些催生的呐喊。他这个时期的散文，不仅更加精练、明达，而且根据时代的需要、斗争的需要从内容上转向说理。他用历史的方法来说理，仍旧是那么诚恳谦虚、平易质朴，使人们自然而然地、心悦诚服地接受了新时代的精神，却不感到半点说教气。这说明他的散文不仅保持了过去的风格和特色，而且在思想上、艺术上已走向更大的成熟。

朱自清温州的旧居经整体迁建后按原貌修复

饿死不领美国救济粮
——爱国知识分子的楷模朱自清

朱自清先生诞辰110年诗会

朱自清感到要向新时代学习，他也这样做了。他向学生借来《大众哲学》、通俗的革命宣传小册子以及解放区的作品，并努力从中汲取营养。他和进步学生谈话，虚心倾听、提问，从没有那种虚有其表的时候，也没有当时知识分子的浮夸气。相反，他严厉地批判了历代知识分子的清高意识。说："正因为清高，和现实脱了节"，对他们那种"知古不知今，知书不知人，食而不化的读死书或死读书"的迂腐气，做了尽情的嘲弄，从而肯定了"五四"以后知识分子的道路：他们看清了自己，自己是在人民之中，不能再自命不凡了。……他们渐渐丢了那空架子，脚踏实地向前走去。

当解放区流行的具有广泛群众性的秧歌舞传到清

杨振宁题词赞扬朱自清民族情怀

华园时，一辈子不苟言笑的他竟和学生在一起学了起来。这在当时，对一个德高望重的大学教授来说是可笑的，是无法明了的事。在斗争白热化和国民党反动统治日趋疯狂的情况下，像他这样的人参加这种文艺活动，是有成为被攻击对象的危险的。然而，在一九四八年中文系的元旦晚会上，朱自清又一次与大家快乐、兴奋地扭在了一个行列里。这种放下架子，诚挚地向新时代学习的精神，令学生们十分感佩，因为这是一种"向一个新时代学习的态度"，是"对人生负责的严肃态度"。这件事，在以后多次被他的学生们提起。

一九四八年，朱自清快五十岁了，在他生命的最后日子里，他的身体更加的羸弱不堪，体重不断下降，但他的精神却不萎靡，仍坚持读书看报，关心时局大事。他很喜欢唐人李商隐的两句诗："夕阳无限好，只是近黄昏"，反其意而用之，曰：

朱自清先生诞辰110周年，朱自清之子朱闰生（左）向朱自清塑像献花篮。

朱自清次子朱闰生（中）出席纪念朱自清诞辰110周年系列活动。

但得夕阳无限好，

何必惆怅近黄昏！

他将这两句诗抄下来，压在书桌的玻璃板下，借以言志，并作为对自己的激励。

表现了我们民族的英雄气概

一九四八年六月十八日，朱自清为了反对美国当时积极推行的扶植日本政策，毫不迟疑地在《抗议美国扶日政策并拒绝领取美援面粉宣言》上签了名。宣言说："为反对美国政府的扶日政策，为抗议上海美国总领事卡宝德和美国驻华大使司徒雷登对中国人民的诬蔑和侮辱，为表示中国人民的尊严和气节，我们断然拒绝美国具有收买灵魂性质的一切施舍物资，无论是购买的或给与的。下列同仁同意拒绝购买美援平价面粉，一致退还购物证，特此声明。"

清华师生举行反对美国扶日大游行

饿死不领美国救济粮
——爱国知识分子的楷模朱自清

1978年秋，清华大学纪念朱自清逝世30周年时，将原清华园内的古亭命名为"自清亭"，以示纪念。

这一天，他在日记中写道："此事每月须损失六百万法币，影响家中甚大，但余仍决定签名。因余等既反美扶日，自应直接由己身做起，此虽只为精神上之抗议，但决不应逃避个人责任。"此时的朱自清身体已十分虚弱，脸色苍白，脊背弯曲，但他的精神是伟大的，他在中华民族的敌人面前傲然挺立着，表现了我们民族的尊严和气节。

一九四八年八月四日，朱自清突然胃部剧痛，大口呕吐。送到北大医院后，医生立刻给他做了手术。三四天后，他神志清醒了。躺在病床上，朱自清还嘱告说："有件事要记住：我是在拒绝美援面粉的宣言上

清华大学于1988年10月召开朱自清诞辰90周年、忌辰40周年纪念会。

签过名的，我们家以后不买国民党配给的美国面粉！"八月十二日，朱自清病情恶化，昏迷不醒……在他渴望的新中国诞生前夕与世长辞了！他像群星中闪烁着的一颗，当自己光华最盛的时候，却在黎明前的黑暗中陨落了。

朱自清先生闭上了眼睛，一个时代行将结束，但是，他的高尚人格至今仍然活在并永远活在人们的心中！他的散文，他对我国新文学以及古典文学研究的贡献将永生。他的骨气、操守以及民族气概将成为一代代爱国知识分子的榜样。在改革开放，振兴中华的今天，仍将给我们以教益和力量！

饿死不领美国救济粮
——爱国知识分子的楷模朱自清

附　　录

附录一：我的怀念

陈竹隐

　　佩弦已经逝世三十多年了，每当想到他的离去，我心里就很难过。他逝世时才五十岁，正当壮年之时，正当胜利即将到来之时，却被贫病折磨死了。如果他能看到我们从屈辱和灾难的遗烬里爆出的富强的新中国，看到中华民族已屹立在世界民族之林，会怎样地

20世纪30年代，朱自清、陈竹隐与陈竹隐的结拜姐妹及她们的夫婿合影。前排左一为陈竹隐，后排左一为朱自清。

高兴呀！如果他活着，他会更勤奋地工作，为新中国的教育事业，为人民文学事业做出新的贡献。

毛主席曾说："我们中国人是有骨气的。许多曾经是自由主义者或民主个人主义者的人们，在美帝国主义者及其走狗国民党反动派面前站起来了，闻一多拍案而起，横眉冷对国民党的手枪，宁可倒下去，不愿屈服。朱自清一身重病，宁可饿死，不领美国的救济粮。"……"我们应当写闻一多颂，写朱自清颂，他们表现了我们民族的英雄气概。"

今天，回顾佩弦一生所走过的道路，他确实是有骨气的，确实表现了我们中华民族的英雄气概。

朱自清与陈竹隐赴普陀山度蜜月。右二为朱自清，右三为陈竹隐。

—饿死不领美国救济粮

爱国知识分子的楷模朱自清

1939年8月，朱自清与夫人陈竹隐、三子朱乔森、幼子朱思俞（前右）摄于昆明翠湖公园。

他无限热爱祖国，在祖国受外侮时，坚定地站在正义、人民一边，无视一切个人得失，不惜以自己的生命作代价，表现出崇高的民族气节。

他虽是一个旧时代的知识分子，负着因袭的重担，但他能在不断地探索中求进步，努力跟上时代的脚步。他在剧烈动荡的社会变革中，能由彷徨、苦闷到否定了中间道路，坚定了立场。对反动派的残酷暴行，能摆脱"怕"的心理，进而积极热情地支持进步事业，成为一名杰出的民主战士。

他作为一名教师、学者、文学家和诗人，对自己的事业是兢兢业业、锲而不舍的。他写的每一篇文章，

每一首诗，编辑过的每一本书，都是他心血的结晶。他虽然抓紧生命的分分秒秒勤奋工作，仍是时时不满意自己，即使在病重期间也从不宽容自己。他热爱清华大学研究学问的气氛，无论多高待遇的招聘都不能使他离开清华园。

他一生克己奉公，老老实实。抗战胜利后，他从成都搬回北平，他把自家不急用的书，连同我的画笔、颜料都卖的卖，扔的扔了，以便腾了两个大书箱把学校的书都运了回来。他热爱学校、热爱自己的事业。

佩弦虽早已离去，但这些怀念时时在伴随着我。现在我快八十岁了，看到我们祖国在一天天繁荣富强起来，心里无比高兴。我也渴望早日看到台湾回归祖国，完成我们民族的统一大业。我想，佩弦如有知，也会在九泉之下盼望着祖国的统一大业。

注：见陈竹隐《追忆朱自清》

附录二：著作概论

　　朱自清的散文主要是叙事性和抒情性的小品文。其作品的题材可分为三个系列：一是以写社会生活，抨击黑暗现实为主要内容的一组散文，代表作品有《生命价格——七毛钱》《白种人——上帝的骄子》和《执政府大屠杀记》；二是以《背影》《儿女》《给亡妇》为代表的一组散文，主要描写个人和家庭生活，表现父子、夫妻、朋友间的人伦之情，具有浓厚的人情味；第三，以写自然景物为主的一组借景抒情的小品文，《绿》《桨声灯影里的秦淮河》《荷塘月色》和《春》

等，是其代表佳作，伴随一代又一代人的喜怒哀乐。后两类散文，是朱自清写得最出色的，其中《背影》《荷塘月色》更是脍炙人口的名篇。其散文素朴缜密、清隽沉郁，以语言洗练，文笔清丽著称，极富有真情实感。朱自清散文感情的真挚更是有

朱自清编选的《中国新文学大系·诗集》，1935年10月15日由上海良友图书出版公司出版。

口皆碑。他的《背影》《给亡妇》等，被称为"天地间第一等至情文学"。在淡淡的笔墨中，流露出一股深情，没有半点矫揉造作，而有动人心弦的力量，尤其是在《背影》中，朱自清对父亲朱鸿钧的感情之深让读者感到了一丝丝的怀念和感动。

朱自清走上文学道路，最初以诗出名，发表过长诗《毁灭》和一些短诗，收入《雪朝》和《踪迹》。从二十世纪二十年代中期起，致力于散文创作，著有散文集《背影》《欧游杂记》《你我》《伦敦杂记》和杂文集《标准与尺度》《论雅俗共赏》等。他的散文，有写景文、旅行记、抒情文和杂文随笔诸类。先以缜密流丽的《桨声灯影里的秦淮河》《荷塘月色》等写景美文，显示了白话文学的实绩；继以《背影》《儿女》

饿死不领美国救济粮
——爱国知识分子的楷模朱自清

江苏教育出版社于1997年出齐精平装本的12卷本《朱自清全集》。

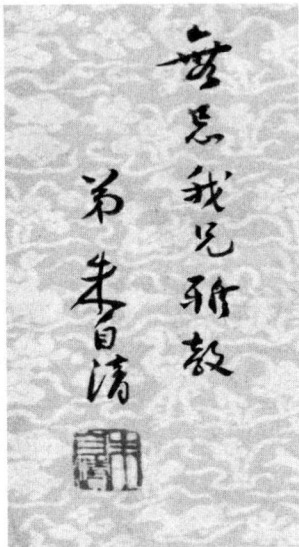

朱自清签名赠书《你我》初版本

《给亡妇》等至情之作，树立了文质并茂、自然亲切的"谈话风"散文的一种典范；最后以谈言微中、理趣盎然的杂感文，实现了诗人、学者、斗士的统一。他对建设平易、抒情、本色的现代语体散文做出了突出贡献。作为学者，朱自清在诗歌理论、古典文学、新文学史和语文教育诸方面研究上都有实绩。论著有《新诗杂话》《诗言志辨》《经典常谈》《国文教学》（与叶圣陶合著）和讲义《中国新文学研究纲要》等。著述收入《朱自清全集》（江苏教育出版社）。朱自清一生勤奋，共有诗歌、散文、评论、学术研究著作二十七种，约二百多万言。遗著编入《朱自清集》《朱自清诗文选集》等。

作为学者和教授的朱自清，在古典文学、语文教育、语言学、文艺学、美学等学科领域都有很深的造诣和建树。他的贡献是多方面的，尤以古典文学研究和语文教育最为突出。《经典常谈》是朱自清系统评述《诗经》《春秋》《楚辞》《史记》《汉书》等古籍的论文结集，写得深入浅出，至今仍是青年人研究古典文学的入门向导。《诗言志辨》是他功力最深的著作，对"诗言志""诗教""比兴""正变"四个方面的诗论，纵向作了精微的考察，理清了它们的来龙去脉和演变史迹，从而纠正了谬说。他还先后对古诗十九首、乐府、唐宋诗作过深入的研究，对李贺、陶渊明作过认真的行年考证，写有《十四家诗钞》《宋五家诗钞》《陶渊明年谱中之问题》《李贺年谱》等著述。他治学严谨，取材翔实，思想敏锐，他这方面

的著述近百万言。朱自清始终关心着中学、大学的语文教育，他与叶圣陶联璧，共同著有《国文教学》《精读指导举隅》《略读指导举隅》等书。他编过多种教材和课本，临终前还与叶圣陶、吕叔湘合编《开明高级国文课本》等。他是一位不可多得的语文教育家，正像叶圣陶说的："他是个尽职的胜任的国文教师和文学教师。"

朱自清的一生，以自己的衰弱的生命为世人写下了最光辉的篇章，无论作为学者、诗人还是一名斗士，他都表现出了中国进步知识分子最坚强的意志和崇高的灵魂。

附录三：《背影》

我与父亲不相见已二年余了，我最不能忘记的是他的背影。

那年冬天，祖母死了，父亲的差使也交卸了，正是祸不单行的日子。我从北京到徐州，打算跟着父亲奔丧回家。到徐州见着父亲，看见满院狼藉的东西，又想起祖母，不禁簌簌地流下眼泪。父亲说："事已如此，不必难过，好在天无绝人之路！"

回家变卖典质，父亲还了亏空；又借钱办了丧事。这些日子，家中光景很是惨淡，一半为了丧事，一半为了父亲赋闲。丧事完毕，父亲要到南京谋事，我也要回北京念书，我们便同行。

到南京时，有朋友约去游逛，勾留了一日；第二日上午便须渡江到浦口，下午上车北去。父亲因为事忙，本已说定不送我，叫旅馆里一个熟识的茶房陪我同去。他再三嘱咐茶房，甚是仔细。但他终于不放心，怕茶房不妥帖；颇踌躇了一会。其实我那年已二十岁，北京已来往过两三次，是没有什么要紧的了。他踌躇了一会，终于决定还是自己送我去。我

1928年10月开明书店出版散文集《背影》

再三劝他不必去；他只说："不要紧，他们去不好！"

我们过了江，进了车站。我买票，他忙着照看行李。行李太多了，得向脚夫行些小费才可过去。他便又忙着和他们讲价钱。我那时真是聪明过分，总觉他说话不大漂亮，非自己插嘴不可，但他终于讲定了价钱；就送我上车。他给我拣定了靠车门的一张椅子；我将他给我做的紫毛大衣铺好座位。他嘱我路上小心，夜里要警醒些，不要受凉。又嘱托茶房好好照应我。我心里暗笑他的迂；他们只认得钱，托他们只是白托！而且我这样大年纪的人，难道还不能料理自己么？唉，我现在想想，那时真是太聪明了！

我说道："爸爸，你走吧。"他往车外看了看说：

"我买几个橘子去。你就在此地，不要走动。"我看那边月台的栅栏外有几个卖东西的等着顾客。走到那边月台，须穿过铁道，须跳下去又爬上去。父亲是一个胖子，走过去自然要费事些。我本来要去的，他不肯，只好让他去。我看见他戴着黑布小帽，穿着黑布大马褂，深青布棉袍，蹒跚地走到铁道边，慢慢探身下去，尚不大难。可是他穿过铁道，要爬上那边月台，就不容易了。他用两手攀着上面，两脚再向上缩；他肥胖的身子向左微倾，显出努力的样子，这时我看见他的背影，我的泪很快地流下来了。我赶紧拭干了泪。怕他看见，也怕别人看见。我再向外看时，他已抱了朱红的橘子往回走了。过铁道时，他先将橘子散放在地上，自己慢慢爬下，再抱起橘子走。到这边

1931年初，朱自清和陈竹隐订婚，后朱自清去欧洲留学。回国后在上海举办了婚礼，然后偕新婚妻子回扬州在此居住。屋中陈列的书橱、烟斗和文房四宝是朱家后人捐献的朱自清生前遗物，现在都已成为珍贵的文物。

——爱国知识分子的楷模朱自清

饿死不领美国救济粮

时，我赶紧去搀他。他和我走到车上，将橘子一股脑儿放在我的皮大衣上。于是扑扑衣上的泥土，心里很轻松似的。过一会说："我走了，到那边来信！"我望着他走出去。他走了几步，回头看见我，说："进去吧，里边没人。"等他的背影混入来来往往的人里，再找不着了，我便进来坐下，我的眼泪又来了。

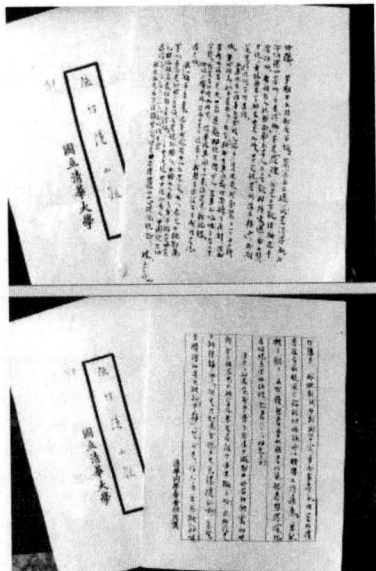

1931年1月3日和1931年2月23日朱自清从清华大学寄给热恋中的爱人陈竹隐的亲笔书信。

近几年来，父亲和我都是东奔西走，家中光景是一日不如一日。他少年出外谋生，独立支持，做了许多大事。哪知老境却如此颓唐！他触目伤怀，自然情不能自已。情郁于中，自然要发之于外；家庭琐屑便往往触他之怒。他待我渐渐不同往日。但最近两年不见，他终于忘却我的不好，只是惦记着我，惦记着我的儿子。我北来后，他写了一信给我，信中说道："我身体平安，惟膀子疼痛厉害，举箸提笔，诸多不便，大约大去之期不远矣。"我读到此处，在晶莹的泪光中，又看见那肥胖的、青布棉袍黑布马褂的背影。唉！我不知何时再能与他相见！

附录四：《荷塘月色》

这几天心里颇不宁静。今晚在院子里坐着乘凉，忽然想起日日走过的荷塘，在这满月的光里，总该另有一番样子吧。月亮渐渐地升高了，墙外马路上孩子们的欢笑，已经听不见了；妻在屋里拍着闰儿，迷迷糊糊地哼着眠歌。我悄悄地披了大衫，带上门出去。

沿着荷塘，是一条曲折的小煤屑路。这是一条幽

饿死不领美国救济粮
——爱国知识分子的楷模朱自清

僻的路；白天也少人走，夜晚更加寂寞。荷塘四周，长着许多树，蓊蓊郁郁的。路的一旁，是些杨柳，和一些不知道名字的树。没有月光的晚上，这路上阴森森的，有些怕人。今晚却很好，虽然月光也还是淡淡的。

路上只我一个人，背着手踱着。这一片天地好像是我的；我也像超出了平常的自己，到了另一个世界里。我爱热闹，也爱冷静；爱群居，也爱独处。像今晚上，一个人在这苍茫的月下，什么都可以想，什么都可以不想，便觉是个自由的人。白天里一定要做的事，一定要说的话，现在都可不理。这是独处的妙处，我且受用这无边的荷香月色好了。

曲曲折折的荷塘上面，弥望的是田田的叶子。叶子出水很高，像亭亭的舞女的裙。层层的叶子中间，零星地点缀着些白花，有袅娜地开着的，有羞涩地打着朵儿的；正如一粒粒的明珠，又如碧天里的星星，又如刚出浴的美人。微风过处，送来缕缕清香，仿佛远处高楼上渺茫的歌声似的。这时候叶子与花也有一丝的颤动，像闪电般，霎时传过荷塘的那边去了。叶子本是肩并肩密密地挨着，这便宛然有了一道凝碧的波痕。叶子底下是脉脉的流水，遮住了，不能见一些颜色；而叶子却更见风致了。

月光如流水一般，静静地泻在这一片叶子和花上。薄薄的青雾浮起在荷塘里。叶子和花仿佛在牛乳中洗过一样；又像笼着轻纱的梦。虽然是满月，天上却有一层淡淡的云，所以不能朗照；但我以为这恰是到了好处——酣眠固不可少，小睡也别有风味的。月光是隔了树照过来的，高处丛生的灌木，落下参差的斑驳的黑影，峭楞楞如鬼一般；弯弯的杨柳的稀疏的倩影，

却又像是画在荷叶上。塘中的月色并不均匀；但光与影有着和谐的旋律，如梵婀玲上奏着的名曲。

荷塘的四面，远远近近，高高低低都是树，而杨柳最多。这些树将一片荷塘重重围住；只在小路一旁，漏着几段空隙，像是特为月光留下的。树色一例是阴阴的，乍看像一团烟雾；但杨柳的丰姿，便在烟雾里也辨得出。树梢上隐隐约约的是一带远山，只有些大意罢了。树缝里也漏着一两点路灯光，没精打采的，是渴睡人的眼。这时候最热闹的，要数树上的蝉声与水里的蛙声；但热闹是他们的，我什么也没有。

忽然想起采莲的事情来了。采莲是江南的旧俗，似乎很早就有，而六朝时为盛；从诗歌里可以约略知道。采莲的是少年的女子，她们是荡着小船，唱着艳歌去的。采莲人不用说很多，还有看采莲的人。那是一个热闹的季节，也是一个风流的季节。梁元帝《采莲赋》里说得好：

于是妖童媛女，荡舟心许；鹢首徐回，兼传羽杯；棹将移而藻挂，船欲动而萍开。尔其纤腰束素，迁延顾步；夏始春余，叶嫩花初，恐沾裳而浅笑，畏倾船而敛裾。

可见当时嬉游的光景了。这真是有趣的事，可惜我们现在早已无福消受了。

于是又记起，《西洲曲》里的句子：

采莲南塘秋，莲花过人头；
低头弄莲子，莲子清如水。

今晚若有采莲人，这儿的莲花也算得"过人头"了；只不见一些流水的影子。这令我到底惦着江南了。

这样想着，猛一抬头，不觉已是自己的门前；轻轻地推门进去，什么声息也没有，妻已睡熟好久了。

一九二七年七月，北京清华园。

北京清华园

饿死不领美国救济粮
——爱国知识分子的楷模朱自清

附录五：朱自清主要作品

著作书目：

《雪朝》（诗集）1922，商务印书馆

《踪迹》（诗与散文）1924，亚东图书馆

《背影》（散文集）1928，开明书店

《欧游杂记》（散文集）1934，开明书店

《你我》（散文集）1936，商务印书馆

《伦敦杂记》（散文集）1943，开明书店

《国文教学》（论文集）1945，开明书店

《经典常谈》（论文集）1946，文光书店

《诗言志辨》（诗论）1947，开明书店

《新诗杂话》（诗论）1947，作家书屋

《标准与尺度》（杂文集）1948，文光书店

《语文拾零》（论文集）1948，名山书屋

《论雅俗共赏》（杂文集）1948，上海观察社

《朱自清文集》（1—4卷）1953，开明书店

《朱自清古典文学论文集》（上下册）1981，上海古籍出版社

《朱自清序跋书评集》（论文集）1983，三联书店

《朱自清散文选集》1986，百花文艺出版社

《朱自清全集》（1—3卷）1988，江苏教育出版社（1997年出齐12卷本）

朱自清散文集：

《匆匆》《歌声》《桨声灯影里的秦淮河》《温州的踪迹》《背影》《航船的文明》《荷塘月色》《女人》《〈梅花〉后记》《白种人——上帝的骄子》《怀魏握青君》《阿河》《儿女》《悼韦杰三君》《旅行杂记》《飘零》《说梦》《白采》《海行杂记》《一封信》《序》《春》《绿》。

《荷塘月色》书影

饿死不领美国救济粮
——爱国知识分子的楷模朱自清

中华魂·百部爱国故事丛书
提　要

《誓与禁烟相始终——民族英雄林则徐》

林则徐严禁鸦片，坚决抵抗西方列强的侵略，坚持维护国家主权和民族利益。他是中国近代历史上第一位睁眼看世界的人，是抗击帝国主义殖民侵略的第一人，是中华民族抵御外侮过程中伟大的民族英雄。

《血洒虎门御敌寇——抗英将军关天培》

民族英雄关天培，在第一次鸦片战争中为了抗击英国侵略者的入侵而血洒虎门，为国捐躯，谱写了一曲可歌可泣的英雄赞歌。关天培用他的生命，书写了中国人民反抗外侮的历史。

《威震镇海靖节魂——抗敌英雄裕谦》

在第一次鸦片战争期间的众多牺牲者中，有一位官阶最高，他就是两江总督裕谦。裕谦与外国侵略者斗争立场坚定，与国内妥协派、投降派斗争态度坚决。裕谦督战镇海，与英国侵略军浴血奋战，临危不惧，以身报国，浩气长存。

《斩邪留正解民悬——太平天国领袖洪秀全》

农民出身的洪秀全，从失意文人到起义领袖，经历了长期的思想演变过程，在外敌入侵、清朝政府腐朽的历史环境之下，顺应时代的潮流，成长为一位非凡的历史英雄人物，建立了与清朝政府相抗衡的农民政权——太平天国。

《仰承汉唐　荟萃中外——近代数学家李善兰》

李善兰是我国19世纪重要的科学家之一，在数学、天文学、力学等方面都有重大建树。他继承了我国古代数学的成就，又以极大的热情传播西方科学文化，"仰承汉唐，荟萃中外"，把自己的一生献给了科学事业。

《严谨治学　勇于探索——近代著名数学家华蘅芳》

华蘅芳，中国近代数学家之一。其精通中国古算学，并熟练掌握西方近代数学，是中国验证抛物线并著书立说的参与者。为了证明"外国有的，中国也能造"而鞠躬尽瘁，在引进西方科学技术、传播科学知识上贡献卓著。

《折冲樽俎护山河——近代著名外交家曾纪泽》

曾纪泽是中国近代史上著名的爱国外交家，在中俄伊犁交涉事件中，他秉承抵抗列强、保卫国家的坚定意志，利用外交手段全力同沙俄抗争，捍卫了国家主权、民族尊严，收回了祖国的领土，在近代中国外交史上留下了光辉的一页。

《甲午海战留英名——民族英雄邓世昌》

邓世昌，北洋水师名将。本书以邓世昌的成长过程为线索，以代表性的历史故事为主要内容，还原真实的历史事件，突出鲜明的人物性格。邓世昌因在中日甲午海战中突出的英雄气概而名垂史册，书写了伟大的爱国主义篇章。

《誓与舰队共存亡——北洋水师提督丁汝昌》

丁汝昌处在清朝政府的腐朽和李鸿章的专断下，难以施展爱国的抱负，壮志未酬，愤恨而终。但丁汝昌为建立近代海军作出的巨大贡献，带领北洋舰队爱国官兵勇抗强敌的英雄事迹，将永远为后代所传颂。

《镇南关上凯歌扬——抗法老英雄冯子材》

1885年中法战争中，年逾古稀的冯子材为抵御外国侵略，勇赴国

饿死不领美国救济粮

难，大败法军于镇南关，并乘胜追击，接连收复文渊、谅山等地，从根本上扭转了中法战争的局面，成为近代民族英雄的杰出代表。

《屡败法军逞英豪——黑旗军将领刘永福》

刘永福是黑旗军的创建者，是农民出身的杰出军事家、政治活动家。在19世纪发生的援越抗法、中法战争中，他率部与帝国主义侵略者进行了殊死的战斗，建立了卓越的功勋，成为我国近代史上著名的民族英雄，为后世所景仰。

《矢志变法强国家——戊戌变法领袖康有为》

康有为是清末民初最有影响力的思想家之一。他领导了中国知识界的启蒙运动，掀起了一场自上而下的政体改革。他最早在中国提出了立宪政体和具体的宪政方案，主张在坚持儒家传统和帝制的前提下，学习西方经验，他的进步思想对近代中国具有深远的影响。

《开民智以报国　普新知而图强——戊戌变法思想家梁启超》

梁启超，中国近代史上著名的政治活动家、启蒙思想家、史学家、文学家，戊戌变法领袖之一。本书以百日维新思想家梁启超的成长过程为线索，以代表性的历史故事为主要内容，还原真实的历史事件，突出鲜明的人物性格。

《我自横刀向天笑——维新志士谭嗣同》

谭嗣同在民族危机的严重时刻，投身改革救中国的洪流。为了带给祖国一个光明的未来，紧要关头，他挺身而出，用自己的鲜血激励后人，把宝贵的生命献给了变法事业。

《睡乡敢遣警世钟——用生命警策国人的陈天华》

陈天华是民主革命的活动家和宣传家。他写的《猛回头》《警世钟》等书，起到了革命启蒙的重大作用。为了激发留日学生的爱国情怀，他不惜投海自杀，演出了近代史上感人至深的一幕，给后人留下了难忘的印象。

《革命军中马前卒——民主斗士邹容》

革命乃"至尊极高，独一无二，伟大绝伦之一目的"；它是"天演之公例，世界之公理，顺乎天而应乎人"的伟大行动。因此，必须"仗义群兴革命军"。他激情高呼："革命独子万岁！中华共和国万岁！"这就是《革命军》的作者，中国近代著名资产阶级革命宣传家邹容。

《休言女子非英物——鉴湖女侠秋瑾》

为民族解放和妇女解放而英勇斗争的秋瑾，冲破封建礼教的思想牢笼，打碎封建精神枷锁，崇仰真理，追求光明，主张共和，坚持男女平等，最终献出了自己年轻的生命。

《血溅校场　杀身成仁——民主斗士徐锡麟》

本书讲述了反清志士徐锡麟弃文从武、投身反清革命事业，最终被清政府杀害的故事。出于对国家的热爱，徐锡麟献出自己的生命，他的事迹将永远激励后人深切缅怀这位民主革命的先驱。

《生可死耳　我志长存——献身民主的禹之谟》

禹之谟，民主革命党人，同盟会会员，近代资产阶级革命家、实业家。1886年，20岁的禹之谟"提三尺剑，挟一卷书"游历四方，研究西方社会政治学说，忧国忧民之心日趋强烈。戊戌变法失败，他丢掉改良幻想，倡革命救亡之说，走上民主革命道路。

《物竞天择　适者生存——资产阶级启蒙思想家严复》

严复是中国近代著名的启蒙思想家、翻译家和教育家。他长期从事教育和翻译事业，为近代中国人才培养和思想启蒙做出了重要贡献，同时他也为中国的翻译事业和中西思想文化交流做出了重要贡献。

《辛亥革命急先锋——资产阶级革命家黄兴》

黄兴，清末民初资产阶级革命家，中华民国开国元勋。黄兴在武昌首义及辛亥革命时期的爱国表现，与孙中山闻名于当时，常被时人以"孙黄"并称。本书以资产阶级革命活动实干家黄兴的成长过程为线索，歌颂了先辈伟大的爱国主义精神。

《矢志革命　百折不回——近代民主革命家廖仲恺》

廖仲恺追随孙中山踏上了创立民国与捍卫共和制的旧民主主义革命

饿死不领美国救济粮

——爱国知识分子的楷模朱自清

之路；在新民主主义革命时期，他为建立、巩固首次国共合作和实施三大政策，英勇奋斗，为国殉职，洒尽了一腔热血。

《将军拔剑南天起——护国英雄蔡锷》

蔡锷是中国近代史上的杰出军事家、爱国者。他的一生短暂而伟大。辛亥革命爆发，他毅然投身于革命洪流之中，领导云南重九起义，对武昌起义积极响应。袁世凯窃国复辟、恢复帝制的阴谋暴露出来以后，他又毅然举起了武装讨袁的旗帜。

《反帝反封建运动——五四青年的爱国故事》

五四运动是一次伟大的反帝反封建的爱国运动；是一个伟大的历史转折点；是中国人民的斗争从挫折走向胜利的一个关节点，它为中国的前进开辟了一条全新的道路，拉开了中国新民主主义革命的序幕。

《思想自由 兼容并包——著名教育家蔡元培》

蔡元培是中国近现代著名的民主革命家和教育家，一生经历风雨，却始终信守爱国和民主的政治理念，致力于废除封建主义的教育制度，奠定了我国新式教育制度的基础，为我国教育、文化、科学事业的发展做出了富有开创性的贡献。

《为国家争光 为民族争气——中国铁路之父詹天佑》

詹天佑是我国最早的杰出铁道工程师，因主持建造京张铁路而闻名中外，被誉为"中国铁路之父"。他为祖国的铁路事业贡献了毕生的精力。本书向读者展示了詹天佑热爱祖国、科技兴国的辉煌人生。

《实业救国 衣被天下——轻工之父张謇》

张謇是爱国实业家、教育家。他年轻时中过状元。过了40岁，开始投身工商实业活动中，他的名言是"富民强国之本在于工"。在南通，创办大生丝厂、银行等各种实业。并将创办实业的大部分所得投入教育。他的观点是，教育和实业一样，也是"富强之大本"。

《心向革命 追求光明——平民将军冯玉祥》

冯玉祥将军"是一位从旧军人转变而成的坚定的民主主义战士"。

抗日战争期间，他辗转各地，用实际行动积极抗战。日本战败投降后，他为了断绝美国的援蒋内战，又在美国四处演说，揭露蒋介石统治之黑暗，痛斥美国阴谋分裂中国的不良行为。

《刑场上的婚礼——革命烈士周文雍　陈铁军》

周文雍是广州起义的主要领导人之一。陈铁军出身于华侨商人家庭，却毅然投身革命洪流。1928年1月，两人接受派遣，回到广州假扮夫妻从事革命斗争，却不幸被捕。临刑前，两位烈士将敌人的枪声当作自己婚礼的礼炮，用生命和爱情谱写出一曲千古绝唱。

《星星之火　可以燎原——井冈山斗争的故事》

1927—1929年，毛泽东、朱德等老一辈革命家，在井冈山创建了农村革命根据地，进行了艰苦卓绝的斗争，建立了新型革命武装，点燃了工农武装革命之火，找到了农村包围城市最后夺取政权的中国革命的正确道路。

《新民学会的主要发起人——中国共产党早期革命家蔡和森》

蔡和森青年时期曾与毛泽东等人一起组织进步团体新民学会，参加五四运动，并在赴法国勤工俭学时研读大量马克思主义著作，回国后以满腔热忱投身革命事业，成为中国共产党早期重要的理论家和宣传家。

《威震黄浦江畔　高奏抗日壮歌——一·二八淞沪抗战》

面对日本侵略者的挑衅，十九路军在蒋光鼐、蔡廷锴的带领下，高举义旗，奋力一搏。一·二八淞沪抗战，是中国军人捍卫军人荣誉和祖国尊严所发出的吼声，谱写了一曲抗击日军侵略的英雄壮歌。

《将军恨不抗日死——慷慨就义的吉鸿昌》

在国难深重的20世纪30年代，吉鸿昌将军因拒绝执行国民党指示，坚决不打内战，被迫携眷出国"考察"。回国后，他加入中国共产党，组织了民众抗日同盟军，英勇打击日本侵略者，后于1934年11月被国民党反动派杀害。

《献身革命　甘于清贫——梅岭忠魂方志敏》

大革命失败后，方志敏凭着"两条半步枪"起家，身经百战，创建了赣东北革命根据地和红十军。本书真实记录了方志敏投身于革命、领导红军和敌人进行艰苦卓绝斗争的经历，歌颂了烈士贫贱不移、威武不屈、献身革命的高尚品质。

《奏响中华最强音——人民音乐家聂耳》

聂耳在他有限的生命中创作了数十首革命歌曲，在抗日救亡运动中，聂耳的这些歌曲产生了广泛深远的影响。他的音乐创作为中国无产阶级革命音乐的发展指明了方向，树立了榜样。

《横眉冷对千夫指——中国文化革命主将鲁迅》

鲁迅不但是伟大的文学家，而且是伟大的思想家和伟大的革命家。在那风雨如晦的黑暗年代里，他以笔为投枪，同一切帝国主义和反动派进行了顽强的战斗，为中国人民树立了一个不朽的丰碑。他是新文化战线上的一面光辉旗帜，是我们伟大民族的灵魂。

《铁流两万五千里——红军长征的故事》

红军长征是人类历史上的一次伟大的壮举。第五次反"围剿"失败后，中国工农红军的三大主力在极端艰难的条件下，突破国民党军队的围追堵截，进行了史无前例的战略大转移，总行程达两万五千里以上。途中发生了许多动人故事，至今令人难以忘怀。

《荣辱不移革命志——创建陕北红军的刘志丹》

刘志丹是杰出的无产阶级革命家、军事家，西北红军和西北革命根据地的主要创始人之一。他一生热爱人民，追求真理，英勇善战，百折不挠，艰苦奋斗，忠心赤胆，为创建红军和革命根据地、为中国人民的解放事业建立了不可磨灭的功勋。

《英名永存北平城——爱国将领佟麟阁　赵登禹》

1937年7月28日，日军向北平郊区发动进攻。第二十九军副军长佟麟阁奉命在南苑率部与日军苦战，腿部受伤，头部被敌机炸伤，壮烈殉国。第一三二师师长赵登禹指挥部队顽强抵抗日军，右臂中弹负伤，仍继续作战。后在转移途中遭日军截击而牺牲。

《八百壮士　四行仓库铸军魂——谢晋元和他的战友们》

八一三抗战，中国军人以血肉之躯揭开全面抗战的帷幕。这是一场血战，是中国军人不屈不挠的英雄诗篇，其中的八百壮士守四行，成为这首英雄颂歌中最动人、最凄美的音符。一曲四行保卫战，铸就了不屈的军魂。

《八女投江　气贯长虹——八位抗联女战士》

抗日战争时期，以冷云为首的东北抗日联军8名女战士，为捍卫民族尊严，面对凶残的日寇，镇定自若，宁死不屈，投江殉国，表现了中华民族同敌人血战到底的英雄气概。她们的光辉形象，激励着千千万万的后来人。

《艰苦抗战　威震敌胆——著名抗日英雄杨靖宇》

杨靖宇将军是我国著名的抗日民族英雄。曾先后担任磐石游击队政治委员、东北抗日联军第一军军长兼政委、抗日联军总司令等职。领导军民对日寇坚持了长达9个年头的艰苦卓绝的斗争，最终以身殉国。

《死也不当亡国奴——镜泊抗日英雄陈翰章》

陈翰章，从1932年8月投笔从戎，直到1940年12月8日为抗击日本侵略者，战死在镜泊湖畔。他在抗日疆场上奋战了九年，他那可歌可泣的英雄事迹将为人们永世传颂。

《名将殉国　气壮山河——抗日将军张自忠》

著名抗日将领、民族英雄张自忠，生于忧患的时代，抱有"宁为百夫长，胜作一书生"的志向，经历过失败与低谷，最终成就了慷慨人生。本书主要以人物活动为主，勾画出一个真正的"民族魂"鲜活的人生，会带给读者振奋的力量。

《宁死不辱战士名——狼牙山五壮士》

1941年日寇在河北易县"扫荡"。为掩护群众和主力部队撤退，五位八路军战士毅然把敌人引上了狼牙山棋盘坨峰顶绝路。弹尽粮绝、无路可退，五位英雄纵身跳下了万丈悬崖，用生命和鲜血谱写出一曲惊天地泣鬼神的壮举。

《太行浩气传千古——抗日名将左权》

左权，中国工农红军和八路军高级指挥员，著名军事家。是八路军在抗日战场上牺牲的最高指挥员。名将阵亡，太行山为之垂首，全党为之悲痛。周恩来称他"足以为党之模范"，朱德赞誉他是"中国军事界不可多得的人才"。

《虎将兴关外　抗倭统雄师——抗联英雄赵尚志》

本书描写了久经考验的共产党员、东北抗联的创建者和主要领导人赵尚志，在艰苦卓绝的条件下，坚持抗战，威震敌胆，战功卓著，忍辱负重，忠贞不屈，为国捐躯的英雄故事，为青少年读者呈上一部爱国主义的佳作。

《黄埔之英　民族之雄——抗日名将戴安澜》

抗日名将戴安澜，先后参加保定、漕河、台儿庄、武汉、昆仑关等战役，作战英勇，屡建奇功；入缅作战，"扬威国外，藉伸正义"；守东瓜，复棠吉；殒身缅北，遗恨丛林，马革裹尸，成就了光辉的一生。

《爱国志士　民主先锋——新闻出版家邹韬奋》

本书讲述了邹韬奋献身新闻出版事业的奋斗历程，展现了一位新闻工作者坚定的革命信念和炽热的爱国主义精神，全心全意为人民服务、为读者服务的奉献精神，歌颂了他的高尚情操和优良品质。

《为抗战发出怒吼——人民音乐家冼星海》

人民音乐家冼星海，青年时期在巴黎求学，饱尝屈辱与磨难；学成后毅然回到多灾多难的祖国，用满腔热忱谱写激昂的音乐，鼓舞中华儿女的斗志；奔赴延安，谱写出不朽的名作《黄河大合唱》，发出中华民族抗日救亡的怒吼。

《全民皆兵 抗击日寇——抗日战争的故事》

中国人民进行的十四年抗战，是一百多年来中国人民反对外敌入侵第一次取得完全胜利的民族解放战争。这场战争是以国共两党合作为基础，有社会各界、各族人民、各民主党派、抗日团体、社会各阶层爱国人士和海外侨胞广泛参加的全民族抗战。

《捧着一颗心来 不带半根草去——人民教育家陶行知》

陶行知是我国现代教育史上伟大的人民教育家、教育思想家。他从青年起就立志献身教育事业，以"捧着一颗心来，不带半根草去"的赤子之心，为人民的教育事业鞠躬尽瘁。

《为民主与和平拍案而起——民主斗士闻一多》

闻一多早年与梁实秋等人发起成立清华文学社。赴美留学期间由对祖国的深深眷恋而创作著名的《七子之歌》。后在西南联大任教8年，积极投身于抗日运动和争取民主的斗争，发表了著名的《最后一次讲演》。

《铁窗难锁钢铁心——革命先烈王若飞》

王若飞是我党早期杰出的无产阶级革命家。在艰苦卓绝的斗争中，他出生入死，屡建奇功，以超人的睿智和胆略，在敌人的监狱中，同敌人展开了殊死的较量，为抗战的胜利和新中国的诞生做出了卓越的贡献。

《横扫千军 还我河山——抗联名将李兆麟》

李兆麟是东北抗日联军创建人之一，他率领抗日联军历尽千难万险与日本侵略者浴血奋战，在极其艰苦的条件下，保存了抗日联军的有生力量，为东北光复做出了重大贡献。

《锄头开出新天地——解放区大生产运动》

为了解决困难，渡过难关，党中央号召党政军民齐动手，开展大生产运动。中国共产党在其控制区域内发动的一场军队屯田和鼓励生产的群众运动，达到了自己动手丰衣足食，共度难关，既进行革命又进行生产自足的目的。

《生的伟大　死的光荣——女英雄刘胡兰》

刘胡兰，坚贞不屈的少年女英雄。生前对我国劳动人民的解放事业无限忠诚，在敌人威胁面前，大义凛然，毫无惧色，英勇牺牲，表现了共产党员的高贵品质。

《饿死不领美国救济粮——爱国知识分子的楷模朱自清》

朱自清作为爱国知识分子的典型，以锐利的笔锋直言痛斥反动政府的暴行，体现了他崇高的爱国情怀和不畏恶势力的精神品格。毛泽东曾给朱自清先生以高度评价："一身重病，宁可饿死，不领美国的'救济粮'"，"表现了我们民族的英雄气概"。

《为了新中国前进——舍身炸碉堡的董存瑞》

伟大的英雄，中国人民的儿子董存瑞，从儿童团长成长为一名光荣的解放军战士，在1948年解放隆化县城时，舍身炸碉堡，为新中国献出了自己年轻的生命。他的英雄形象永远留在人民心里。

《宁死不屈的共产党员——革命烈士江竹筠》

江竹筠，就是著名的江姐。1947年春，她负责《挺进报》工作，只几个月的时间，报纸就发行到1600多份，引起了敌人的极大恐慌。由于叛徒出卖，江姐不幸被捕，惨遭毒刑的残酷折磨，仍坚贞不屈。最后被特务秘密枪杀，年仅29岁。

《抗美援朝　保家卫国——志愿军的战斗故事》

抗美援朝战争是中国人民志愿军为援助朝鲜人民、保卫祖国安全，与美国为首的"联合国军"发生的战争。在朝鲜牺牲的志愿军烈士们，他们英勇的战斗事迹、保家卫国的精神值得我们发扬光大。

《上甘岭上壮烈歌——黄继光和他的战友们》

在1952年10月的上甘岭战役中，黄继光和他的战友们在零号阵地半山腰被敌机枪火力点压制，此时，黄继光身上已经多处负伤，手雷也已全部用光。为了完成任务，减少战友的伤亡，他用自己的胸膛堵住正在扫射的敌机枪射孔，为反击部队扫清了前进的道路。

《诗书印画　全入神品——国画大师齐白石》

齐白石出身贫寒，做过农活，当过木匠，后改学雕花木工，从民间画工入手，摹古人真迹，学诗文书法，融汇古今，而诗、书、印、画俱佳；他将中国画的精神与时代的精神统一得完美无瑕，使中国画得到国际的重视，无愧于"国画大师"的称号。

《毕生为文化而奋斗——中国第一出版家张元济》

张元济参与、主持和督导商务印书馆近六十年，使其从简单的印刷企业转变为当时中国教育出版的旗帜。张元济一生著书，在中华大地动荡不安的年代里，他用自己对文化的热爱，续存着中华民族灿烂悠久的文明之光。

《独树一帜　梨园大师——著名京剧表演艺术家梅兰芳》

梅兰芳，京剧大师，演唱风格独树一帜，世称"梅派"。曾先后赴日本、美国、苏联演出，并荣获美国波摩那学院和南加州大学的荣誉文学博士学位。作为一位爱国者，抗战期间蓄须明志，拒绝为日本人演出，为后世称颂。

《华侨旗帜　民族光辉——爱国侨领陈嘉庚》

陈嘉庚是著名的爱国华侨领袖、企业家、教育家、慈善家、社会活动家。他为辛亥革命、民族教育、抗日战争、解放战争、新中国的建设做出了卓越的贡献。生前被毛泽东誉为"华侨旗帜、民族光辉"。

《向雷锋同志学习——伟大的共产主义战士雷锋》

雷锋，一个平凡而伟大的共产主义战士，一心向着党，一生秉承着全心全意为人民服务、无私奉献的崇高思想；发扬刻苦学习和钻研理论的"钉子"精神；坚持勤俭节约、艰苦奋斗的优良作风。毛泽东为其题词："向雷锋同志学习。"

《人民的好公仆——县委书记的好榜样焦裕禄》

焦裕禄，被誉为县委书记的好榜样。他用自己的革命精神，展开了与大自然、与社会落后现象、与病魔的多重抗争，让我们领略到一

饿死不领美国救济粮

——爱国知识分子的楷模朱自清

个共产党人的生之伟大、死之壮美的人格品质和具有现实教育意义的精神魅力。

《文学巨匠 京味大师——人民作家老舍》

老舍是我国现代小说家、文学家、戏剧家。他用融入骨髓的真诚文字反映生活的喜怒哀乐。老舍的一生，总是在忘我地工作，他是文艺界当之无愧的"劳动模范"，生前被北京市人民政府授予"人民艺术家"的称号。

《革命老人——无产阶级教育家徐特立》

徐特立是一代伟人毛泽东的老师。他出生在贫苦家庭，大部分时间生活在动荡艰苦的年代；他刻苦勤奋，不畏艰辛，追求光明，一生勤俭，为革命培养了大量的人才；他对党和人民任劳任怨，鞠躬尽瘁。他坎坷奋斗的一生，留下了许多可歌可泣的故事。

《人生能有几回搏——新中国第一个世界冠军容国团》

容国团先后担任中国乒乓球队运动员、女队主教练。获得1959年男子单打世界冠军；1961年夺得男子团体世界冠军；作为中国女队主教练，1965年率女队第一次夺得女子团体世界冠军。他的"人生能有几回搏"的豪言，举国传诵。

《石油工人一声吼 地球也要抖三抖——铁人王进喜》

王进喜，新中国第一批石油钻探工人。他为祖国石油工业的发展和社会主义建设立下了不朽的功勋，在创造了巨大物质财富的同时，还给我们留下了宝贵的精神财富——铁人精神。他被评为"百年中国十大人物"，写入中华民族的光辉史册。

《做人民需要我做的事——著名地质学家李四光》

李四光是一位伟大的科学家，他一生从事地质学研究工作，足迹遍布祖国的山川，为祖国探明了许多地下宝藏；他创建了崭新的学说——地质力学；他历尽重重困难，为正确认识地质构造开辟了一条新路。

《中国化学工业的先驱——著名化学家侯德榜》

为摆脱纯碱需要进口的窘况，20世纪初，怀着"实业救国"梦想的中国化工先驱侯德榜等人创办了永利碱厂，并立志生产出中国人自己的碱。1926年，永利碱厂终于成功地生产出"红三角"牌纯碱，从此中国制碱业得以跨入世界先进行列。

《毕生求是　一丝不苟——著名科学家竺可桢》

著名科学家竺可桢献身科学研究；治学严谨，一丝不苟；一生廉洁，两袖清风；作风民主，爱护学生。他以爱国之心、报国之志，从一个民主主义者逐渐成长为一个共产主义战士。

《热爱自然的大地之子——著名植物学家蔡希陶》

蔡希陶，五十载风雨，五十载坎坷，五十载奋斗，五十载开拓，为了发现对人类生产、生活有用的植物及新物种的引进而做出巨大贡献，在中国的植物资源学史上将永远镌刻着他的名字。

《高洁无私的襟怀——知识分子的楷模蒋筑英》

蒋筑英是中国当代知识分子的先锋典范，他不为名，不为利，尊重科学；他以坚忍的毅力和顽强的作风，在科学的道路上呕心沥血，鞠躬尽瘁，无私地奉献了青春和生命。

《迎接新生命的天使——卓越的妇产科专家林巧稚》

林巧稚是国内外享有盛誉的妇产科专家。在五十多年的医学教育和临床实践中，林巧稚亲自接生了五万多婴儿，治愈了数千病人，培养了数以百计的专门人才，为我国的妇女儿童事业做出了不可磨灭的贡献。

《独自成千古　悠然寄一丘——国画大师张大千》

张大千是20世纪中国画坛最具传奇色彩的国画大师，无论是绘画、书法、篆刻、诗词无所不通。在艺术界深得敬仰和追捧，艺术家们用真挚的感情，用绘画和雕塑展现了"张大千"多彩的艺术形象。

《建造中国的通天塔——著名数学家华罗庚》

中国当代著名数学家华罗庚，为中国数学的发展做出了无与伦比的贡献，他是中国解析数论、典型群、矩阵几何等多方面研究的创始人与开拓者，也是我国最早将数学理论研究与生产实践紧密结合的科学家。

《问鼎长天　强我国威——两弹元勋邓稼先》

邓稼先是我国著名科学家，参加组织和领导我国核武器的研究、设计工作，从对原子弹、氢弹原理的突破和试验成功及其武器化，到新的核武器的重大原理突破和研制试验，作出了重大贡献。是我国核武器理论研究工作的奠基者之一，被誉为"两弹元勋"。

《敢叫天堑变通途——桥梁专家茅以升》

中国著名的桥梁专家茅以升从小立志为祖国建造桥梁，经过不懈努力，他不仅设计建造了一座座宏伟壮观、坚固实用的道路桥梁，而且搭建了一座座友谊之桥，为祖国建设作出了卓越贡献。

《蘑菇云之梦——核物理学家钱三强》

被誉为"中国原子弹之父"的核物理学家钱三强，更名后立志于科技报国；24岁投师于世界著名核物理学家居里夫妇；与夫人何泽慧合作，发现铀的"三分裂""四分裂"现象；统领我国的原子大军，做了大量创造性工作。

《两离桑梓地　满怀雪域情——领导干部的楷模孔繁森》

孔繁森，是一位一尘不染、两袖清风的好干部。两次进藏工作，历时十载，为西藏的建设、发展和稳定作出了突出的贡献。1994年11月，孔繁森不幸以身殉职。人民群众称他为新时期领导干部的楷模。

《摘取数学皇冠上的明珠——著名数学家陈景润》

陈景润是享誉世界的数学家，为了证明"哥德巴赫猜想"，他以惊人的毅力在数学领域里艰苦跋涉，终于攻克了世界著名数学难题"哥德巴赫猜想"中的"1+2"，创造了中国乃至世界数学史上的辉煌。

《学术独步　饮誉四海——享有国际威望的科学家卢嘉锡》

卢嘉锡是一位在国际科学界享有崇高威望的物理化学家、化学教育家和科技组织领导者。1945年，卢嘉锡满怀"科学救国"的热忱回到祖国，对中国原子簇化学的发展起了重要推动作用，他所指导的新技术晶体材料科学研究，也取得了重大成绩。

《德艺双馨　梨园楷模——著名豫剧表演艺术家常香玉》

常香玉1941年赴陕甘演出。1948年在西安创办香玉剧社。1951年为支援抗美援朝，率剧社巡回西北、中南、华南各地演出，以演出收入捐献"香玉剧社号"战斗机一架，素有"爱国艺人"之誉。

《文学大师　激流勇进——著名作家巴金》

本书以巴金生平和主要事迹为线索，回顾和展示现代著名作家巴金的一生，以期让人们看到巴金在这风云变幻的100多年中，有过成功的欢欣，有过屈辱的磨难，有过痛苦的忏悔，有过平静的安宁。巴金的人生，映照着一代中国五四知识分子坎坷而不平凡的命运。

《壮心系科学　孜孜为国昌——理论化学家唐敖庆》

本书讲述了唐敖庆从出国求学、学业有成、回国任教，到服从安排、艰苦工作、刻苦钻研，最终成为中国量子化学奠基者的过程。让人们看到了这位著名化学家的赤心爱国、严谨治学、大公无私的崇高品格和科研上的卓越成就。

《中国导弹之父——著名科学家钱学森》

当第一颗原子弹升空的时候，当中国的人造卫星奏响《东方红》的时候，当中国运载火箭腾空而起的时候，当中国研制的导弹准确命中目标的时候，人们都会想起他的名字：中国导弹之父钱学森。

《中国近代力学的奠基人——著名科学家钱伟长》

钱伟长曾以中文和历史两个100分的成绩考入清华大学。九一八事变后，钱伟长毅然放弃了文科的学习而转为理科。他是中国近代力学、应用数学的奠基人之一，在固体力学、流体力学以及航空航天领域，取

饿死不领美国救济粮

得了卓越的成就，为新中国的现代化建设付出了毕生的精力。

《中国光学科学的奠基人——著名科学家王大珩》

王大珩是我国著名的科学家，中国光学科学的奠基人。他先在清华就读，后赴英国求学，学业有成，立志科学救国，其成就享誉神州。他以科学的求是精神和赤诚的爱国情怀，探索着中国光学发展的闪光之路。